25
ANOS
autêntica

CB019752

Sara Mesa

Um amor

TRADUÇÃO
Silvia Massimini Felix

autêntica contemporânea

Título original: *Un amor*

EDITORAS RESPONSÁVEIS
Ana Elisa Ribeiro
Rafaela Lamas

PREPARAÇÃO
Sonia Junqueira

REVISÃO
Marina Guedes

CAPA
Diogo Droschi

ILUSTRAÇÃO DE CAPA
Girl Searching, Gertrude Abercrombie, 1945. Cortesia da Academia de Belas Artes da Pensilvânia, Filadélfia, EUA. (2011.1.82)

DIAGRAMAÇÃO
Guilherme Fagundes

Dados Internacionais de Catalogação na Publicação (CIP)
(Câmara Brasileira do Livro, SP, Brasil)

Mesa, Sara
Um amor / Sara Mesa ; tradução Silvia Massimini Felix. -- 1. ed. -- Belo Horizonte : Autêntica Contemporânea, 2023.

Título original: Un amor

ISBN 978-65-5928-308-8

1. Romance espanhol I. Título.

23-161798 CDD-863

Índice para catálogo sistemático:
1. Romances : Literatura espanhola 863

Aline Graziele Benitez - Bibliotecária - CRB-1/3129

A **AUTÊNTICA CONTEMPORÂNEA** É UMA EDITORA DO **GRUPO AUTÊNTICA**

Belo Horizonte
Rua Carlos Turner, 420
Silveira . 31140-520
Belo Horizonte . MG
Tel.: (55 31) 3465 4500

São Paulo
Av. Paulista, 2.073 . Conjunto Nacional
Horsa I . Sala 309 . Bela Vista
01311-940 . São Paulo . SP
Tel.: (55 11) 3034 4468

www.grupoautentica.com.br
SAC: atendimentoleitor@grupoautentica.com.br

I

É quando anoitece que o peso cai sobre ela, tão imenso que é preciso se sentar para respirar melhor.

Lá fora, o silêncio não é como esperava. Na verdade, não é silêncio. Há um rumor distante, como de estrada, embora a estrada mais próxima seja a regional e fique a três quilômetros de distância. Também se ouvem grilos, latidos, a buzina de um carro, os gritos de um vizinho pastoreando o gado, já o recolhendo.

Se fosse o mar seria melhor, embora também mais caro. Fora de seu alcance.

E se tivesse aguentado um pouco mais, economizado um pouco mais?

Prefere não pensar. Fecha os olhos, deixa-se cair com lentidão no sofá, metade do corpo para fora, uma postura antinatural que lhe causará cãibras se não se mexer logo. Ela se dá conta disso. Ajeita-se o melhor que pode. Adormece.

É melhor não pensar, mas os pensamentos chegam e deslizam através dela, se entrelaçam. Tenta fazê-los sair na mesma velocidade com que entram, mas eles se acumulam em seu interior, um pensamento sobre o outro. Todo esse empenho – esforçar-se para que entrem e saiam e não se acumulem – já é em si mesmo um pensamento muito intenso para sua cabeça.

Quando conseguir o cachorro, será mais fácil.

Quando organizar suas coisas e arrumar a mesa e tornar decente o terreno que rodeia a casa. Quando regar – como tudo está seco! – e limpar – quanto descuido! Quando refrescar.

Será muito melhor quando refrescar.

O proprietário da casa mora em Petacas, um pequeno vilarejo a quinze minutos de carro. Chega duas horas depois do que tinham combinado. Nat está varrendo a varanda quando ouve o motor do jipe. Levanta a cabeça, franze os olhos. O homem estacionou na entrada, no meio do caminho, e se aproxima arrastando os pés. Está quente. É meio-dia e já faz um calor seco e inclemente.

Não pede desculpas pelo atraso. Sorri, inclinando a cabeça. Tem os lábios finos, os olhos caídos. Seu velho macacão de trabalho está salpicado com manchas de graxa. É difícil calcular sua idade. Sua decrepitude não tem nada a ver com os anos, mas com a expressão entediada, com a maneira de balançar os braços e dobrar os joelhos à medida que avança. Ele para diante dela, põe as mãos na cintura e olha ao redor.

– Então já estamos começando! Como passou a noite?

– Bem. Mais ou menos bem. Muitos mosquitos.

– Tem um aparelho numa gaveta da cômoda. Um desses que se usa para espantar os mosquitos. Você não viu?

– Sim, mas estava sem líquido.

– Bom, menina, sinto muito. – Abre os braços, sorri. – A gente está no campo!

Nat não lhe devolve o sorriso. Uma gota de suor resvala por sua têmpora. Ela a enxuga com as costas da mão e encontra nesse gesto a força necessária para atacar.

– A janela do quarto não está fechando direito e a torneira da banheira está pingando. Sem contar que está tudo sujo. É muito pior do que eu me lembrava.

O sorriso do proprietário arrefece, some pouco a pouco de seu rosto. A mandíbula se tensiona ao responder. Nat sente que ele é um homem colérico e agora tem vontade de recuar. Com os braços cruzados sobre o peito, o homem argumenta que Nat viu perfeitamente como a casa estava e que, se não observou todos os detalhes, não é responsabilidade dele, mas dela. Ele lhe recorda que baixou o preço duas vezes. Por último, diz que cuidará de todos os reparos necessários. Nat não acha que seja uma boa ideia, mas não discute isso com ele. Assente e enxuga outra gota de suor.

– Está fazendo muito calor.

– Também vai me culpar por isso?

O homem se vira, chama o cachorro que ficou cavando a terra, ao lado do jipe.

– O que você acha deste?

Desde que chegou, o cachorro não levantou a cabeça. Fareja o chão todo nervoso, rastreando como um cão de caça. É um vira-lata acinzentado com patas compridas, o focinho longo e o pelo áspero. Está ligeiramente excitado.

– Então, gostou dele ou não?

Nat balbucia.

– Não sei. É um bom cachorro?

– Claro que é um bom cachorro. Não vai ganhar um concurso de beleza, você já percebeu, mas dá no mesmo, não é? Não foi isso que você me disse, que dava no mesmo? Ele não tem nenhum carrapato, nada de ruim. É jovem, saudável. Também não come muito, você nem precisa se preocupar. Fuça para todo lado. Ele se vira.

– Tudo bem – diz Nat.

Entram na casa, conferem o contrato, assinam – ela, com um rabisco descuidado; ele, cerimoniosamente, apertando com força a caneta no papel. O proprietário trouxe apenas uma cópia, que guarda assegurando que lhe enviará a sua assim que puder. Nat pensa que dá no mesmo, é um contrato sem qualquer validade, até o preço que aparece cobrado não é o real. Ela não menciona novamente o problema da janela ou da torneira do banheiro. Nem ele. O homem estende a mão de modo teatral, estreita os olhos quando olha para ela.

– É melhor se dar bem do que mal – diz.

Quando ele entra no jipe e arranca, o cão não vai atrás. Fica na frente da casa, ainda farejando de um lado para o outro a terra ressecada. Nat o chama, faz barulho e assobia, mas ele não mostra a mínima intenção de se aproximar.

O proprietário nem sequer lhe disse o nome do animal. Se é que tem algum.

Se tivesse de explicar por que está ali, teria dificuldade em encontrar uma resposta convincente. É por isso que, quando lhe perguntam, dá respostas evasivas e se limita a falar sobre uma mudança de ares.

– Todo mundo vai pensar que você está louca, hein?

A garota da loja masca chicletes enquanto empilha as compras no balcão. É a única loja em vários quilômetros ao redor, um estabelecimento sem nome onde se amontoam, misturados, artigos de alimentação e farmácia. Comprar lá é caro e não há muita variedade de escolha, mas Nat ainda resiste à ideia de dirigir até Petacas. Vasculha sua carteira e conta as notas de que precisa.

A garota está com vontade de falar. Pergunta a Nat sobre sua vida, toda animada, deixando-a desconfortável. Gostaria de poder fazer o mesmo, mas ao contrário, diz a garota. Ir para Cárdenas, onde acontece de tudo.

– Morar aqui é um saco! Não tem nem caras!

Conta a Nat que antes frequentava o instituto em Petacas, mas que o abandonou. Não gosta de estudar, ia mal em todas as matérias. Agora dá uma mão na loja. A mãe sofre de enxaqueca crônica e o pai trabalha nas plantações, por isso é bom para todos que ela tome conta da loja. Mas, assim que completar dezoito anos, irá embora dali. Pode ser caixa em Cárdenas ou cuidar de crianças. Ela se dá bem com crianças. Com as poucas que aparecem em La Escapa, acrescenta sorrindo.

– Este lugar é um saco – repete.

É ela quem conta a Nat sobre aqueles que vivem nas casas e granjas da região. Conta-lhe sobre a família de ciganos que ocupa uma antiga fazenda em ruínas, bem ali na saída para a estrada. Um ônibus pega as crianças todas as manhãs para levá-las à escola; são as únicas crianças que moram em La Escapa durante todo o ano. Há também o casal de idosos da casinha amarela. Ela é uma espécie de bruxa, assegura a garota, é capaz de prever o futuro e ler a mente.

– É meio chato, porque ela está um pouco louca. – A garota ri.

Fala-lhe do hippie da casa de madeira, de outro que chamam de alemão sem que ele o seja de fato, do bar do Gordo – embora qualificar como bar o armazém onde o homem serve doses de bebida, reconhece, talvez seja demais. Há mais gente que vem e vai de acordo com o calendário do campo, lavradores contratados por quinzenas ou por dia, mas também famílias inteiras que vivem metade do ano em outro lugar e que herdaram casas que não conseguem vender. Mas nunca se veem mulheres sozinhas. Não da idade de Nat, esclarece.

– As velhas não contam.

Nos primeiros dias, Nat se confunde e mistura todas essas informações, em parte porque ouve distraída, em parte porque ainda desconhece o terreno por onde está se movendo. Os limites de La Escapa são confusos, e, embora haja um núcleo de casinhas mais ou menos compacto – exatamente onde ela está –, mais à frente se espalham outras construções, algumas habitadas e outras não. Do lado de fora, Nat não distingue se são moradias ou armazéns, se nelas há pessoas ou apenas gado. Ela se confunde pelas estradas de terra e, se não fosse a referência da loja, que às vezes é mais familiar do que a casa que Nat alugou e na qual já está dormindo faz uma semana, ela se sentiria perdida. A zona nem sequer é bonita, embora ao entardecer, quando os contornos se esfumam e a luz se torna mais dourada, ela vislumbre certa beleza, à qual se aferra.

Nat pega suas sacolas e se despede da garota, mas antes de sair se vira e pergunta a respeito do proprietário. Ela o conhece? A menina franze a boca, move devagar a cabeça de um lado para o outro. Não, não muito, diz ela. Ele mora em Petacas faz muito tempo.

– Quando eu era pequena, lembro-me de vê-lo por aqui. Estava sempre rodeado de cachorros e tinha um gênio muito ruim. Depois se casou, ou se juntou com alguém, e foi embora. Acho que a mulher não queria morar em La Escapa, e eu entendo. Aqui é ainda pior para uma mulher mais velha. Embora Petacas não seja nada do outro mundo. Eu também não queria morar lá nem morta.

Para brincar, Nat lhe joga uma bola velha que encontrou entre uma pilha de lenha, mas o cachorro, em vez de pegar a bola e devolvê-la, se afasta coxeando. Quando ela se agacha ao seu lado, ficando de sua altura para não assustá-lo, ele se esgueira com o rabo entre as pernas. Por causa desse temperamento esquivo, ela começa a chamá-lo de Sieso, porque tem de chamá-lo de algum jeito. Mas Sieso, além de arisco, é impenetrável. Ronda por ali, mas é como se não estivesse lá. Por que tem de se conformar com ele? Até mesmo o cachorrinho da loja, um mestiço de chihuahua extremamente nervoso, é muito mais simpático. Todos os que encontra ao longo das estradinhas – e há muitos deles – correm para ela quando os chama. Muitos procuram comida, sem dúvida, mas também carícias; são curiosos e intrometidos, precisam saber quem é a nova vizinha que chegou. Sieso não parece interessado nem mesmo em comer. Se lhe dá comida, tudo bem, mas, se não lhe dá, tudo bem também. Nisso o proprietário não a enganou: sua manutenção é barata. Às vezes, Nat tem vergonha de seu sentimento de rejeição. Foi ela quem pediu um cachorro, e lá está ele. Agora não pode – não deve – dizer – ou mesmo pensar – que não o quer.

Certa manhã, encontra-se na loja com o hippie, como a garota o chama. Ela atende os dois sem nenhuma pressa, fumando um cigarro com tranquilidade. O hippie é um pouco mais velho do que Nat, embora não deva passar dos quarenta. Alto e forte, tem a pele curtida pelo sol, as mãos grossas e rachadas e um olhar determinado, mas agradável. Seus cabelos são compridos, repicados, e sua barba tem um tom avermelhado. Por que a garota o chama de *hippie* é algo que Nat tem de deduzir. Talvez por causa dos cabelos compridos ou porque ele é alguém que, como Nat, vem da cidade, alguém de fora, coisa um tanto incompreensível para quem vive em La Escapa desde criança e só está pensando em ir embora. A verdade é que o hippie está lá faz muito tempo. Portanto, não é nenhuma novidade, como Nat é agora para todos. Ela o observa com o rabo de olho, seus movimentos são secos e seguros, eficientes. Enquanto espera sua vez, ele passa a mão pelo lombo da cachorra que o acompanha. É uma labradora castanha, velha, mas de inegável elegância. A cadela abana o rabo e põe o focinho em sua virilha. Os três riem.

– Ela parece muito boazinha – diz Nat.

O hippie assente e estende a mão. Então muda de ideia, recolhe a mão e se aproxima para beijá-la. Um único beijo na bochecha, que faz com que Nat fique com o rosto inclinado, esperando o outro beijo que não vem. Ele se apresenta: Píter. Se escreve com *i*, esclarece: *pê-i-tê-ê-erre*. Pelo menos ele gosta de escrevê-lo assim, exceto quando se vê forçado a fazê-lo da maneira oficial. Quanto menos alguém escrever seu nome verdadeiro, melhor, ele brinca. Só vale para assinar no banco, aqueles ladrões.

– Natalia – ela se apresenta.

Então vem a pergunta de costume: o que está fazendo em La Escapa? Ele a viu andando pelas estradas e também a viu limpando o terreno ao redor da casa. Vai morar lá? Sozinha? Nat se inquieta. Preferiria que ninguém a observasse quando trabalha, ainda mais porque não está indo muito bem, algo inevitável porque o terreno é delimitado apenas por uma fina tela de arame, sem vegetação para cobri-la. Ela diz que ficará apenas alguns meses.

– Também vi o cachorro. Não foi você que trouxe, né?

– Como você sabe?

Píter confessa que conhece bem o animal. É um dos muitos que o proprietário tem. Na verdade, é provavelmente o pior. Ele os recolhe por aí, não os adestra, não os vacina, não cuida deles nem um pouco. Ele os usa e depois abandona. Foi ela que pediu? Que não reste a menor dúvida de que ele lhe deu o mais inútil de todos.

Nat fica pensativa e ele sugere que ela o devolva. Não precisa se resignar, se não for o que ela queria. Píter diz que o proprietário não é um bom sujeito, que Nat faria melhor mantendo distância. Não gosta de falar mal de ninguém, insiste, mas o proprietário é outra questão. Está sempre pensando em como enganar as pessoas.

– Eu te consigo um cachorro, se você quiser.

Nat fica desconfortável com a conversa. Sentada na porta de casa, com uma garrafa de cerveja bastante quente – a geladeira também não funciona como deveria –, ela observa Sieso dormindo ao lado da cerca, deitado ao sol. As moscas sobrevoam sua barriga ligeiramente inchada, na qual se distinguem cicatrizes de feridas antigas.

A ideia de devolvê-lo produz nela um profundo mal-estar.

A casa é uma construção plana, térrea, com janelas quase rentes ao chão e um quarto com duas camas de solteiro. Nat gostaria que o proprietário tirasse uma das camas, que não vai lhe fazer falta, assim ela conseguiria pôr uma escrivaninha ali – uma simples tábua com pernas seria suficiente. Pensa em ligar para ele, mas deixa passarem dias e dias. Quando ela o vir – mais cedo ou mais tarde terá de vê-lo –, pedirá que faça isso, ou insinuará, e até que isso aconteça continuará sem escrivaninha. Por enquanto, tem de se virar com a única mesa que existe, encostando-a em uma janela, porque, mesmo em plena luz do dia, o interior da casa é sombrio e úmido. A cozinha – pouco mais que um fogão e uma bancada – é tão escura que, mesmo para fazer um simples café, é necessário acender a luz. Por fora é diferente. O sol bate de frente desde cedo, e trabalhar lá fora, mesmo no início da manhã, a deixa exausta.

Nat tenta traçar sulcos na terra para plantar pimentões, tomates, cenouras, o que quer que cresça bem e rápido. Leu como se faz, até viu alguns vídeos em que o processo é explicado passo a passo, mas depois, no terreno, é incapaz de pôr alguma coisa em prática. Vai ter de vencer sua vergonha e perguntar. Talvez a Píter.

À tarde, ela se senta para traduzir por uma ou duas horas. Nunca consegue se concentrar o suficiente. Talvez necessite de um período de adaptação, pensa, não deveria ficar preocupada com isso no momento. Para arejar a cabeça, caminha pelos arredores. Por mais que o chame, Sieso reluta em acompanhá-la, então ela vai sozinha, ouvindo música com seus fones de ouvido. Quando vê que alguém está se aproximando, ela se obriga a andar mais rápido, até mesmo a correr um pouco. Prefere passar despercebida, não se ver na obrigação de se apresentar ou conversar, mesmo que para isso ela tenha de fingir que pratica esportes.

Na paisagem castigada pela seca, espalham-se oliveiras, sobreiros e azinheiras. As roselhas, pegajosas e acanhadas, são as únicas flores que salpicam a terra. A monotonia dos campos é quebrada apenas pelo contorno de El Glauco, um monte baixo repleto de arbustos e matagal que parece ser desenhado em carvão sobre o céu nu. Em El Glauco, dizem, ainda há javalis e raposas, embora os caçadores que sobem até lá só voltem com réstias de perdizes e coelhos amarrados à cintura. É um monte sinistro, pensa Nat, mas logo em seguida procura afastar esses pensamentos. Por que sinistro? Glauco é um nome feio, sem dúvida; ela deduz que se deve à sua cor pálida e macilenta. A palavra *glauco* lembra-lhe um olho doente, com conjuntivite, ou aqueles olhos típicos dos idosos, vítreos e avermelhados, meio embaçados. Ela mesma entende que está se deixando contaminar pelo significado de *glaucoma*. Por coincidência, a palavra *glauco* havia aparecido no livro que ela está tentando traduzir, atribuída ao personagem principal, o temível pai que em determinado momento solta uma imprecação muito dolorosa para um de seus filhos, algo que, segundo o texto, o faz cravar nele seu olhar *glauco*. No início, Nat pensou em uma condição ocular, mas depois entendeu que um olhar glauco é simplesmente um olhar vazio e sem expressão, o tipo de olhar em que a pupila permanece morta, quase opaca. Qual é, então, o significado correto? *Verde-claro, verde-azulado, enfermiço, difuso, errante?* Dependendo de qual escolher, deverá orientar o resto do parágrafo. Optar por uma tradução literal, sem entender o verdadeiro espírito da frase, seria como trapacear.

Apesar das caminhadas e do esforço físico, ela dorme mal à noite. Não se atreve a abrir as janelas. Não é apenas por causa dos mosquitos, que a bombardeiam apesar de todos os produtos que comprou. Nos primeiros dias, além disso, entraram aranhas, lagartixas e até uma lacraia que Nat descobriu, horrorizada, dentro de um sapato. Certa manhã, a cozinha estava cheia de formigas porque tinha esquecido a comida fora da geladeira. Durante o dia, ela é assediada por moscas, tanto dentro como fora da casa. Existe uma solução para isso?, Nat se pergunta. Ou, como diria o proprietário, o campo é assim mesmo? Tudo fica sujo, não importa o quanto ela limpe. Varre e varre, mas a poeira entra através de qualquer fresta e se acumula nos cantos. Se pelo menos ela tivesse um ventilador para dormir, pensa, poderia fechar as janelas e tudo seria mais confortável, pois acordaria descansada e com mais energia para limpar, traduzir e trabalhar na horta – ou melhor, no projeto de horta. Mas ela nem sequer considera pedir isso ao proprietário.

Decide ir a Petacas para comprá-lo. Também, pensa, poderia aproveitar para conseguir algumas ferramentas. Uma enxada, baldes, uma pá, tesouras de poda, uma peneira e alguma outra coisa, desde que possa descobrir os nomes exatos do que está procurando.

Também não entende nada de ferramentas.

Petacas a surpreende com sua agitação. Demora um bom tempo para encontrar onde estacionar; o traçado das ruas é tão caótico e sua sinalização tão contraditória que, uma vez que se entra no lugarejo, é fácil sair novamente em qualquer desvio inesperado. As casas são modestas, com as fachadas muito desgastadas e quase nenhum ornamento, mas também há blocos de tijolos de até seis andares, arbitrariamente espalhados aqui e ali. As lojas se acumulam ao redor da praça central; a prefeitura – um edifício chamativo, com grandes telhados e vitrais – está rodeada por bazares chineses e tabernas. Em um deles, Nat compra um pequeno ventilador; então vagueia em busca de uma loja de ferragens, sem se decidir perguntar a ninguém. Fica impressionada com o desleixo das mulheres, que andam despenteadas e de chinelos. Muitos homens, mesmo os idosos, usam regatas. São poucas as crianças e as que existem perambulam sozinhas, tomando sorvete, correndo, rolando no chão sem que ninguém cuide delas. Todos – mulheres, homens, crianças –, barulhentos e desordenados, se parecem estranhamente uns com os outros. Consequências da endogamia, pensa Nat, e acha que o proprietário se encaixa perfeitamente nesse ambiente.

Ela se preocupa com a possibilidade de cruzar com o homem, mas não é ele, e sim Píter, que encontra na loja de ferragens. Nat se alegra em vê-lo: alguém que conhece, alguém gentil, alguém que finalmente lhe sorri, se aproximando, o que você está fazendo aqui, diz a ela. Nat lhe mostra a caixa do ventilador e ele franze o cenho. Pergunta por que ela não pediu ao proprietário. É obrigação dele manter a casa em condições habitáveis. Ok, não dá para exigir um ar-condicionado, mas pelo menos um ventilador...

– Você também poderia ter me pedido. Nós vizinhos estamos aqui para ajudar uns aos outros.

Nat tenta se desculpar. Foi bom ter comprado um, diz. Quando for embora de La Escapa, vai levá-lo. Ele a observa com o rabo do olho, dando a entender que não acredita nela.

– E o que você veio comprar aqui nesta loja? Ferramentas para consertar tudo o que ele deixou quebrado?

Nat balança a cabeça.

– Não. Coisas para a horta.

– Você vai fazer uma horta?

– Bem, algo básico... acho que pimentão e berinjela crescem bem. Pelo menos quero tentar.

Píter pega seu braço, se aproxima mais dela.

– Não compre nada – sussurra.

Ele diz que pode lhe emprestar as ferramentas de que precisa. Também diz que talvez devesse descartar a ideia da horta. Nada foi cultivado naquele terreno por anos; a terra está completamente estéril; levaria dias e dias de trabalho duro para limpá-lo, além de uma fortuna em fertilizantes e adubos. Se ela continuar empenhada – Nat se detém na palavra *empenhada* –, ele até pode lhe dar uma mão, mas definitivamente não a aconselha a plantar. Embora fale com suavidade, no tom de Píter há uma segurança incontestável, a segurança do especialista. Nat assente, espera que ele termine suas compras. Cabos, adaptadores, parafusos, alicates:

tudo muito profissional, muito específico, bem diferente da inconcretude com que ela se move.

Na rua, ao lado dela, Píter caminha com um passo esportivo, ereto, mas flexível. Sua maneira de se mover é tão elegante, tão diferente daqueles que os rodeiam, que Nat é tomada pelo orgulho de estar andando com ele, um tipo de orgulho relacionado à legitimidade. O feitiço desaparece quando ele aponta os vitrais da prefeitura.

– Não são bonitos? Fui eu que fiz.

Nat acha que eles estão completamente fora de tom naquele edifício de tijolo aparente, embora elogie justo o oposto: como combinam bem. Píter olha para ela com apreço. Exato, diz ele, é isso que busca em seu trabalho, a adequação ao contexto.

– Petacas não é o lugar mais bonito do mundo, mas, na medida do possível, é preciso contribuir para embelezar seu entorno, não acha?

– Então você é...? – Nat não sabe a palavra exata para alguém que faz vitrais.

– Vidraceiro? Sim. Bem... algo mais do que vidraceiro. Pode-se dizer que sou um artesão do vidro e da cor. Não me limito a cobrir janelas.

– É claro. – Ela sorri.

Tomam uma cerveja em uma das tabernas da praça. A cerveja está bem gelada e Nat a sente descer redonda. Píter a observa fixamente – até demais, pensa ela –, mas seus olhos são doces, e isso suaviza o desconforto. A conversa volta para o proprietário – aquele descarado, repete –, as ferramentas e o terreno inútil. Ele insiste em que lhe emprestará o necessário. Basta limpar completamente o terreno, deixá-lo sem mato algum para colocar uma mesa e algumas espreguiçadeiras, e depois plantar oleandros e mandiocas ou espécies grosseiras, adequadas à dureza do clima. Perto de Petacas há um viveiro de plantas enorme, muito barato, eles podem ir juntos algum dia, se ela quiser. O projeto da horta já parece totalmente descartado. Nat nem sequer volta a mencioná-lo.

Os dias seguintes são dedicados à área externa da casa. Ela acorda cedo para evitar o calor, mas ainda assim transpira continuamente, e a sensação de sujeira a persegue o dia todo. Esfrega bem a varanda, raspa, lixa e enverniza o chão de madeira e os dormentes da pérgola, poda todos os galhos ressecados que pendem desordenados, arranca as ervas daninhas, tira sacos e sacos de lixo – papéis, folhas secas, ferros, plásticos, latas vazias, mais galhos secos. O resultado final é uma esplanada mais ou menos ampla de terreno ressecado. Se a casa fosse dela, pensa, plantaria capim ou grama, e talvez os oleandros que Píter recomendou, como uma cerca natural para se proteger de olhares curiosos, mas que bobagem, a casa não é sua, não vai fazer todo esse esforço a troco de nada.

Certa manhã, a cigana da periferia aparece por ali e pergunta se ela quer vasos.

– Eu tenho uma *jartá** – diz.

Ela lhe vende um monte deles por um preço muito baixo. São todos velhos, mas Nat não se incomoda com as lascas nos vasos de cerâmica nem com o mofo nos de barro. Há também dois cântaros enormes que, bem esfregados, ficam lindos. Como pesam muito, o marido da cigana ajuda Nat a levá-los para casa, acompanhado por dois de seus três filhos. Nat gosta dessa família. São barulhentos e bem-humorados, não reclamam o dia todo, como a garota

* Porção, grande variedade, em dialeto andaluz. [N. T.]

da loja. As crianças fazem carinho em Sieso, e pela primeira vez ela o vê abanar o rabo e dar voltas sobre si mesmo, com o instinto de brincar.

– Agora você pega umas mudas por aí e daqui a pouco o jardim está pronto – diz o cigano enquanto se despede. – Não precisa ir a um viveiro ou algo assim.

É verdade. Nat colhe plantas de casas próximas, muitas delas desabitadas, galhos que assomam através das cercas dos terrenos e cuja perda não representará nenhum problema para seus proprietários. No entanto, quando descobre, Píter se mostra contrariado. Que necessidade havia disso? Não lhe dissera que há um viveiro nas proximidades, que é baratíssimo? Ele mesmo poderia ter lhe dado muitas mudas, e até plantas inteiras. E, de fato, ele lhe dá de presente um cacto robusto no qual já despontam pequenas flores fúcsia. Nat o coloca ao lado da porta, com alguma relutância. É um cacto espetacular, que chama atenção para si com sua mera presença.

A mudança é inegável. Os brotos pegam bem, crescem quase no mesmo dia. Roberta, a velha da casinha amarela, vem olhar e a cumprimenta com entusiasmo. Nat se sente de imediato atraída por ela. Por que a garota da loja a chamou de bruxa? Se algo se destaca nessa mulher, é sua doçura. Quando jovem, ela deve ter sido muito bonita. Parte dessa beleza ainda pode ser rastreada nos traços estilizados do nariz e da boca, embora a coisa mais marcante sejam seus olhos, escuros, penetrantes e cálidos. O cabelo, muito branco e fino, se espalha como uma bruma suave sobre a cabeça. A mulher se desmancha em elogios admirando o trabalho de Nat. Diz que, desde sua chegada, tudo mudou muito e que as mudanças – todas as mudanças – são sempre para melhor.

– Água parada é uma coisa ruim – acrescenta com uma piscadela.

Nat percebe que ela acha que comprou a casa. Ninguém em sã consciência, pensa, se meteria em tanto trabalho por causa de um barraco alugado.

Mesmo uma velha louca é capaz de ver isso.

É o calor, a solidão, a falta de confiança, o medo do fracasso? As palavras que outra pessoa escreveu antes dela se impõem, palavras escolhidas com cuidado, selecionadas dentre todas as possíveis, ordenadas de uma única maneira entre a infinidade de combinações descartadas. Se quer traduzir bem – e ela quer –, deve levar em consideração cada uma dessas escolhas. Mas pensar assim é chegar à exaustão e à paralisia. Ao esmiuçar a linguagem com esse nível de consciência, Nat a despoja de significado. Cada palavra se torna uma inimiga, e traduzir é a coisa mais próxima de duelar com uma versão prévia, e melhor, de seu texto. Avança tão devagar que se desespera. É o calor, a solidão, a falta de confiança, o medo? Ou é, simplesmente – e ela deveria admiti-lo –, sua inépcia, sua falta de jeito?

Quanto a Sieso, as coisas também não estão indo como ela esperava. O cão se recusa a entrar na casa, vai e vem como quer, sem se atentar às normas. É evidente que, por causa de algum trauma, ele não confia em espaços fechados; o que Nat não entende é por que ele também não confia nela, depois de tantos dias ao seu lado. Ela se lembra de quando o viu brincando com os filhos dos ciganos e tenta acariciá-lo como eles fizeram – atrás das orelhas, no lombo –, mas o cão fica na defensiva e foge, visivelmente desconfortável.

Nos últimos tempos, por volta das duas ou três da manhã, um concerto de latidos e uivos se estende por vários quilômetros ao redor, como se todos os cães de La Escapa de repente ficassem loucos, desafiando uns aos outros. Nat se pergunta de onde vêm todos aqueles cães cheios de tanto desespero e agressividade. Não se parecem com os que ela vê durante o dia, cochilando ou farejando tranquilamente pelas estradas. E, se forem os mesmos, qual é a razão para essa transformação noturna? Por que os cães mansos se tornam ferozes todos ao mesmo tempo? E se Sieso também se transforma, e se entra na provocação e se dá mal? Temendo que ele possa escapar, decide amarrá-lo a uma estaca. Seu medo pode ser exagerado, descabido – é o que ela pensa quando amanhece –, mas todas as noites regressa, tornando-se real e incontestável.

Deixar Sieso amarrado não estava em seus planos, mas é a única coisa em que pode pensar para controlá-lo. Antes, quando via um cachorro amarrado em um terreno, parecia-lhe uma crueldade e ela julgava seus donos culpados. Agora está fazendo a mesma coisa, e talvez pelas mesmas razões. Justifica-se prometendo que será uma medida transitória, que assim que estabelecer com o cachorro uma relação de apego o deixará solto, e que ele acabará dormindo dentro de casa, ao seu lado, para acompanhá-la.

No entanto, Píter não está confiante de que Sieso vá mudar. Toda vez que vem cumprimentar Nat, ele olha para o cão de soslaio e diz que não vale a pena tentar: o animal, assegura, está corrompido. Insiste na ideia de devolvê-lo. Quanto mais tempo deixar passar, mais difícil será. Nunca vai se decidir a ouvi-lo? Nat acha que Píter, contradizendo sua imagem gentil e até mesmo o apelido pelo qual é conhecido, sempre procura um conflito, ou pelo menos o procura com o proprietário, jogando-a contra ele. Não é só por causa da questão do ventilador – que Píter lembra a ela repetidamente –, mas também pelos estragos da casa e, acima de tudo, pelo cão. Mas Nat pensa: se o proprietário é uma pessoa tão má, o que se pode pedir a Sieso, que viveu com ele e que deve ter sofrido sabe-se lá quantos infortúnios sob seu comando? O próprio Píter lhe contou qual é a atitude do proprietário com seus animais: usá-los e depois abandoná-los. Se ele pegou Sieso desde filhote, foi o que o cão aprendeu que farão com ele.

Nat tem a possibilidade de mudar isso, de dar um giro para o outro lado, e só por isso, porque há essa possibilidade e está em suas mãos, é que ela se recusa a desistir.

Certa manhã, enfia o cachorro no carro para levá-lo ao veterinário de Petacas. Toma a decisão de improviso, embora depois acabe não sendo tão fácil quanto pensava. Sieso se recusa a entrar no carro, dá voltas e olha para ela de esguelha, desconfiado. Por fim, ela consegue enganá-lo usando um pedaço de bacon como isca e empurrando-o para dentro do carro assim que ele se descuida. Sussurrando para tranquilizá-lo, ela o acomoda no banco de trás, em cima de uma manta. Sieso fica com as patas rígidas e uma expressão de pânico nos olhos. Geme baixinho, mas permanece estranhamente imóvel. Durante o trajeto, Nat o vigia pelo espelho retrovisor. Ela o vê com a boca aberta, ofegante, com a cabeça baixa, as patas rígidas, as costas eriçadas, e o bacon, ao seu lado, intocado. O animal sente medo e ela pena, mas também, e acima de tudo, desejo de terminar o mais rápido possível.

A clínica veterinária fica na periferia, em um beco sem saída. O lugar está vazio. Não só não há clientes esperando, mas também não há sala de espera. O veterinário, claramente uma pessoa de fora, recebe-a com aborrecimento, como se tivesse sido incomodado ou interrompido em alguma tarefa muito mais importante. Enquanto põe as luvas de látex, pergunta o nome do cão. Sieso, ela responde, envergonhada. Quando ele levanta uma sobrancelha, rapidamente ela esclarece que é um nome carinhoso, meio sério, meio brincalhão, e que vai mudá-lo mais à frente.

– Os animais não entendem a ironia – diz ele. – Não é bom ficar mudando o nome deles o tempo todo.

Seu diagnóstico é categórico. Sieso tem ácaros nas orelhas e vermes intestinais. O trote claudicante é consequência de ter sofrido uma fratura da pata traseira – talvez devido a um atropelamento – sem que tenha se curado de modo satisfatório. Além disso, está desnutrido e não usa nenhum chip. De resto, diz lavando as mãos, é um cão jovem, sem dúvida merece uma vida melhor.

– Onde estão seus papéis? As vacinas estão em dia?

Não sei. Me deram sem documentação.

O veterinário olha fixamente para ela.

– E você não consegue descobrir?

– Sim, acho que sim.

Essa gente do campo, suspira ele. Ninguém mantém controle sobre essas coisas. No campo, são brutos, teimosos e muitas vezes cruéis, chegando quase à selvageria. Dias atrás, trouxeram-lhe um galgo esfolado. Não pôde fazer nada para salvá-lo. Ela nem imagina como é difícil trabalhar em um lugar como Petacas. É como bater em uma parede, diz ele, dia após dia. Nat o escuta sem abrir a boca. Seu problema agora – o dela – é econômico. Instalar o chip no cão, vermifugá-lo e comprar uma boa ração significará muito mais gastos do que o esperado e, além disso, teme que a questão das vacinas não se resolva. Mas não importa quanto dinheiro seja gasto, não importa quanto o orçamento seja dilapidado, o procedimento mais desagradável, o mais custoso, será perguntar ao proprietário.

Põe o comedouro na cozinha para que Sieso se acostume a entrar na casa. Às vezes, ela consegue que ele fique um pouco mais, deitado ao seu lado. Nunca é por muito tempo, nunca se mostra completamente relaxado, mas Nat considera um grande avanço: tê-lo ali, ao alcance de suas mãos. Quando percorre seu lombo com a palma das mãos, nota sob a pelagem a agitação que continua a dominá-lo, um fluxo intermitente, mas constante. Ao menor barulho ou movimento inesperado que ela faz, ele se assusta e escapa como um suspiro, e é preciso ganhar sua confiança de novo.

É exatamente o que acontece naquela manhã, quando ela o vê ficar tenso, levantar-se de repente, gemer baixinho e sair de casa. Nat ainda leva alguns segundos para ouvir o jipe estacionando e os passos no cascalho, se aproximando. É o proprietário, que vem receber o aluguel em dinheiro, conforme combinaram. Combinaram? Na verdade, pensa com raiva, ela não combinou nada. Segundo ele, tinham de fazer assim se ela quisesse que ele baixasse o preço. Nada de transferências ou depósitos bancários, ele ordenara, para ela dava no mesmo, certo? Então, para evitar uma discussão, ele agora está dentro da casa, depois de ter dado uma batida seca na porta, sem esperar sequer que Nat lhe dê permissão ou se levante para recebê-lo, olhando ao redor, ponderando as mudanças que ela fez, com seu meio sorriso irônico dançando nos lábios. Um homem tão magro, pensa Nat, tão insignificante e, no entanto, com o poder de contaminar a casa em apenas alguns segundos. Ela pega o dinheiro do aluguel, entrega-o a ele em um envelope.

– Da próxima vez é melhor você me avisar que vem – diz ela. – Talvez eu não estivesse.

– Ah, não se preocupe por causa disso. Se você não estiver, eu passo no dia seguinte.

Ele também traz as contas. A de luz e a de gás, que são mensais; e a da água, trimestral. O fato de ela estar lá há apenas um mês não é relevante. A casa estava desocupada antes, explica, de modo que essa conta, a da água, também lhe compete integralmente. A quantia é exorbitante. A mão de Nat treme enquanto a segura.

– Já avisei que a torneira da banheira está vazando. É impossível que eu tenha gastado tanto.

– E o que você está me dizendo? Que sou eu que tenho que pagar?

– Estou apenas dizendo que não gastei. Que a culpa é da torneira.

– A torneira não tem culpa de nada, menina. Você é a única que mora aqui, não? Pois então, já deveria ter consertado.

Deveria. Nat sabe que em parte ele tem razão, mas ela o avisou no primeiro dia e ele não fez nada, ou melhor, a solução que ele propôs – consertá-la ele mesmo – não lhe agradou. Ela poderia então ter pedido ajuda a outra pessoa. Ao Píter, por exemplo, embora ele fosse repreendê-la mais uma vez por sua docilidade. Ou poderia simplesmente ter chamado um encanador, como todos fazem nesses casos. Seja como for, ela ignorou. Acabou se acostumando com o constante gotejar da torneira. Dedicou-se a outras coisas. E agora tem isto: o problema em suas mãos.

Ok, diz ela. Pagará a conta junto com o valor do próximo aluguel, se estiver tudo bem. O proprietário grunhe para si, não agradece minimamente a concessão. Sem dizer mais nada, vai embora bufando.

Só depois de um tempo, Nat se lembra de que não lhe perguntou sobre as vacinas de Sieso nem tocou no assunto da cama que quer que ele leve embora. Mas tanto faz, diz a si mesma de imediato, não é tão importante.

A mera possibilidade de estender seus encontros a deixa tão desconfortável que ela prefere permanecer em silêncio. Vai ajeitar as coisas como puder.

Um encanador de Petacas concorda em vir até La Escapa no dia seguinte. Naquela mesma manhã, quando ainda está espreguiçando na cama, Nat ouve um barulho no banheiro. A princípio, pensa que Sieso se desamarrou e entrou para procurá-la, mas se veste depressa, com o coração saltando pela boca, pois os ruídos não são de animal, e sim de pessoa: são passos, um saco posto no chão, um leve pigarro, mais passos nos ladrilhos do banheiro. Nat grita quem está aí, se aproxima aterrorizada da porta do banheiro. Quando vê o proprietário lá dentro, dá outro grito. Primeiro é o medo, depois a indignação, mas em seguida, novamente, o medo. O que você está fazendo aqui?, grita de novo e de novo, à beira da histeria.

O homem ri, pede-lhe para se acalmar.

– Não se preocupe, menina, sou eu, também não é para tanto.

Ele diz que foi consertar a torneira. Era preciso, não? Ela não disse que era preciso? Pensou que ela não estava em casa ou que estava dormindo, porque não ouviu nenhum barulho quando chegou.

– Mas você não pode entrar aqui sem me avisar! Nem deveria ter a chave! Quem te disse que você pode abrir a porta sempre que quiser?

Ele ri de novo.

– Menina, deixe de ser chata. Eu já te disse que achava que você não estava.

Ele explica que precisava passar por ali bem cedo, tem que fazer outras coisas em La Escapa e assim aproveita a manhã. Diz que levará apenas alguns minutos para terminar, é um reparo mínimo, que a torneira poderia ter sido consertada por qualquer um. Qualquer homem, esclarece, porque é evidente que ela não foi capaz. Nat não consegue parar de gritar. Insiste, com a voz deformada pelo nervosismo, que ele não tem permissão para entrar assim, que ele nunca mais deve fazer isso. O proprietário cerra os lábios, endurece o olhar.

– O que você acha, que eu vou te violentar ou o quê?

Olha para ela com desprezo, de cima a baixo. Então se vira para a banheira, agacha-se murmurando, manuseando suas ferramentas. Diz baixinho – embora Nat ouça perfeitamente – que está farto das mulheres. Quanto mais você dá, diz ele, pior elas te tratam. Estão todas loucas, são maníacas. Continua a trabalhar e reclamar. Nat fica paralisada na porta do banheiro. Depois sai para a varanda e espera que ele acabe, ainda tremendo.

– Pronto – diz ele depois de um tempo. – Está vendo? Não era para tanto.

Vai embora sem se despedir.

Ainda sentada no chão da varanda, Nat tenta reprimir sua ansiedade, contendo-se para não chamar a polícia, ou Píter, ou quem quer que seja, abraçando os joelhos até que a agitação dê lugar, pouco a pouco, a uma espécie de calma. No entanto, ela se esquece de notificar o encanador, que aparece algumas horas depois e que, apesar de não fazer nenhum conserto, cobra dela pela viagem, é claro.

– Deixei outro cliente na mão para vir. Chegar até aqui é um transtorno – ele se justifica.

Nat não tem nada a alegar porque é verdade. Sem dúvida, é um transtorno.

Ao veterinário, diz que Sieso não está vacinado. Prefere mentir e correr o risco de vaciná-lo duas vezes do que ter de conversar um segundo a mais que o necessário com o proprietário. Então é isto que tem de fazer: abrir a carteira e terminar o mais rápido possível. No entanto, o processo acaba por ser mais lento do que o previsto – cruel e lento. Assim que aproximam a seringa dele, Sieso luta com uma resistência inesperada. Ela é forçada a segurá-lo enquanto lhe colocam uma focinheira, assustada com a ferocidade do cão quando ele arreganha os beiços e mostra os dentes. Teme que isso seja um retrocesso. Talvez Sieso nunca se esqueça de sua traição, de como ela contribuiu para fazer mal a ele.

Compra um arnês, uma coleira, ossos de plástico para morder, um apito de treinamento. Transformá-lo no cão carinhoso e tranquilo que ela precisa será complicado, mas Nat não vai desistir tão facilmente. De fato, está dando os passos necessários para conseguir. Constatar essa evolução – mesmo que seja árdua, mesmo que seja mínima – lhe produz uma satisfação íntima, como se os progressos do cão também fossem, indiretamente, dela.

Todavia, a primeira tarde que o leva para passear com coleira é exaustiva. Sieso puxa sem parar, resfolega, quase sufocado. Mais adiante, ele se senta no meio da estrada e se recusa a continuar. Nat se vira, arrastando-o, depois de ter percorrido apenas alguns metros. Ao longe, plantado em frente à porta de sua casa, ela distingue Píter segurando uma caixa. Ao vê-la chegar, ele libera a carga e olha para ela com os braços na cintura.

– Você é a pessoa mais teimosa que eu já vi. Está desperdiçando toda a sua energia tolamente. Como pôde pensar em amarrá-lo? Aqui os cães nunca ficam de coleira.

– Eu estava apenas tentando ensiná-lo. Foi recomendação do veterinário. No caso de eu ter que levá-lo para outro lugar.

– Aonde você vai levá-lo? Esse animal vai te dar problemas em todos os lugares.

Píter tinha lhe trazido legumes que acabara de comprar do alemão. São muitos só para ele, explica, mas o alemão, muito astuto, vende-os sempre assim, em grandes lotes, para não perder dinheiro. Há rabanetes, abobrinhas, pepinos, tomates e alguns brotos que Nat não consegue identificar. O alemão?, ela pergunta, ainda magoada com os comentários de Píter. Em suas lembranças, delineia-se um cara não muito alto, de bigode e óculos, desalinhado, moreno e esquivo, alguém com quem cruzou algumas vezes, mas que mal murmurou um cumprimento, sem olhar nos olhos dela.

– Bem, muito obrigada – diz, sem entusiasmo. – Embora eu não saiba o que fazer com tanta coisa.

Refogado? Um creme frio? Lasanha de legumes? São mil receitas que podem ser preparadas com tudo isso, responde Píter. Por que não para de perder tempo com o cachorro e cozinha algo para os dois? Ele também pode tentar, um segundo prato. Poderiam jantar juntos na casa dele, e então ele lhe mostra a oficina. Amanhã. O que ela acha?

Nat assente. Ele já ofereceu sua casa muitas vezes, e ela se esquivou. Embora dessa vez seja diferente. É um convite completo: jantar, beber, conversar e tudo o que isso envolve. Nat não é inocente, sabe as implicações que a proposta de Píter poderia ter, e, embora algo dentro dela ainda exerça resistência – uma aversão sutil, mas persistente –, precisa se render. Desde que o proprietário invadiu sua casa, ela dorme tensa, parece ouvir a chave na fechadura, a porta que se abre, os passos se aproximando. Não quis dizer nada a

Píter porque sabe o que ele diria: que o denuncie à polícia imediatamente. Ele será inflexível e a censurará por sua passividade e preguiça. Então prefere não dizer nada, guarda tudo para si. No entanto, estar isolada não é tão simples, é bom ter um amigo, do contrário vai enlouquecer. Ela se pergunta se o que está procurando é apenas amizade ou proteção e se sentiria o mesmo alívio – ou o mesmo desconforto – se o convite viesse de uma mulher. Uma amiga cumpriria sua função, sem dúvida, mas não aliviaria muito seu sentimento de desamparo. Afinal, diz-se, é Píter quem demonstra que deseja protegê-la. Ela só tem que se deixar levar, não está pedindo nada que ele não esteja disposto a lhe dar de antemão.

A casa de Píter fica no lado oeste de La Escapa, a cerca de dez minutos de distância da de Nat. É uma bela construção de madeira com um telhado de duas águas, amplas janelas e jardineiras. O interior é fresco e agradável e, embora seja cheio de objetos, todos eles parecem ocupar um lugar certo e ter uma função e sentido exatos. Quando Nat atravessa o corredor, a cachorra se aproxima para farejar a bandeja em suas mãos.

– Abobrinha recheada com carne – ele anuncia.

Píter solta uma gargalhada, pega seu braço para que ela o acompanhe até a cozinha. Na bancada há outra bandeja semelhante, o mesmo prato. Riem, a cachorra abana o rabo e se interpõe entre os dois, em busca de carícias. Está tocando "My funny Valentine", talvez na versão de Chet Baker, mas Nat não pergunta – ela nunca faz esse tipo de pergunta. Píter lhe serve uma taça de vinho e a leva até o porão para mostrar-lhe a oficina. Também ali tudo está cuidadosamente organizado, inclusive pronto para ser exibido:

modelos e desenhos, fragmentos de vidro classificados por cores em cestas e caixas, ferramentas penduradas na parede, uma grande mesa com um vitral pela metade e máquinas de solda que pendem do teto. Nat preferiria conferir o espaço sozinha, mas escuta com educação as explicações de Píter, que relata, passo a passo, o processo de fabricação do vitral. Um simples vitral, diz ele, melhora qualquer casa, por mais humilde que seja. É claro que, se lhe pedem algo mais solene ou mesmo institucional, ele não recusa, mas prefere trabalhar em pequena escala, para as pessoas comuns. Nat se aproxima para olhar o vitral sobre a mesa. Cordeiros e pombas dançam em torno de uma árvore frondosa. Os diferentes tons de verde das folhas geram uma impressão de desordem ou deslocamento. Nat não tem certeza de que gosta. Olhando de perto, a composição parece convencional e bem malfeita.

– Para esta série eu me inspirei em Chagall. Nos vitrais que ele fez para a Universidade Hadassah, em Jerusalém, você deve conhecer, são muito famosos...

Nat não tem a menor ideia, mas acena com a cabeça como se soubesse, e depois se volta para a parede, onde outros vitrais da série estão apoiados, já acabados e prontos para a instalação. São para uma biblioteca, explica Píter, e é por isso que ele inscreveu versos neles: de Pablo Neruda, de Mario Benedetti, de Wisława Szymborska. Nat os lê lentamente antes de perguntar:

– E esse trabalho paga as contas?

Assim que diz isso, se arrepende. É o tipo de pergunta capciosa que ela odeia que lhe façam. Mas Píter parece não se importar; ao contrário, responde alegremente, com orgulho.

– É claro.

Gasta muito pouco em materiais, diz ele. A maioria dos vidros que utiliza são reciclados. No lixo, aliás, é onde encontra os mais valiosos. Ele defende a austeridade como um modo de vida. Seus lemas são: não jogar nada fora, aproveitar tudo, respeitar a terra, consumir o mínimo, aprofundar ao máximo.

– Sinto que nisso somos muito parecidos – diz ele mais tarde, e em Nat se instala, no mesmo instante, o formigamento da inquietação.

Durante o jantar, seus receios vão se abrandando. É o vinho, talvez, mas também a amabilidade de Píter, que se mostra próximo e até espirituoso, fazendo-a rir como não ria há muito tempo. Porém, enquanto tiram a mesa e Píter abre outra garrafa, ela o observa de relance e se depara de novo com algo de que não gosta nele, algo que a faz dar um passo para trás. Não é sua aparência física. De fato, seu corpo é atraente e firme, sua robustez é, sem dúvida, erótica. Por outro lado, é inegável que ele faz de tudo para agradar: é encantador, bom vizinho, entende de livros, música e filmes, tudo o que se pressupõe interessante em uma determinada área – a área de onde ela vem. E então? Nat se pergunta por que ele mora sozinho, por que ainda não mencionou nenhuma mulher, e considera a opção de ele ser homossexual. Então pega a taça que Píter oferece e sorri, forçando-se a espantar todos os seus preconceitos.

Eles vão até o jardim para olhar as estrelas. A noite está clara e a Via Láctea se destaca da escuridão, imensa e pura. As pontas da grama brilham banhadas pela luz noturna, se movem balançadas pela brisa. A cadela senta-se ao lado deles, babando, linda e majestosa, apesar de sua velhice. Os três contemplam o céu em silêncio. Que bonito, Nat murmura e, confusamente, pensa ao mesmo tempo:

a menstruação. Quando chegar a hora, você pode dizer a ele que está menstruada.

Ele se vira para ela, examinando-a com um sorriso diferente.

– Posso te perguntar uma coisa?

– Claro.

– Por que você veio para La Escapa?

Nat hesita. Ela já não tinha respondido a isso antes? Por que todos pressupõem que há segundas intenções? Sem dizer nada, gira sua taça. Píter pede desculpas. Não pretendia ser intrometido, diz. Não precisa dizer nada se não quiser, mas, se quiser, deve saber que ele ficaria encantado em ouvir sua história.

– Saí do meu emprego – ela diz por fim. – Não aguentava mais.

– Em que você trabalhava?

Nat se retrai. Não quer dar detalhes. Era um trabalho de escritório, diz. Traduções comerciais, correspondência com clientes estrangeiros, coisas assim. Não era um trabalho mal remunerado, mas estava muito distante de seus interesses. Píter acende um cigarro, enruga os olhos com a primeira baforada.

– Bem, você é corajosa.

– Por quê?

– Hoje em dia, ninguém pede demissão do emprego.

Nat se incomoda com o elogio. Em outras circunstâncias, ela teria aceitado, mas, vindo de Píter, sente o desejo de se rebelar. Esse elogio, na boca dele, lhe soa envenenado. Ou talvez, Nat pensa, seja sua percepção, embaralhada pelo álcool, que a faz entender dessa maneira, torta. Não, ela não é corajosa, responde. Ela não deixou o emprego voluntariamente. De modo algum.

Quer saber a história real? Píter se inclina em direção a ela. É claro.

Ela roubou algo. Havia roubado sem necessidade, por impulso. Nunca chegou a entender por que fez isso. Não foi por um desafio social, muito menos por ganância. O objeto estava lá e ela apenas o pegou. Pertencia a um dos sócios da empresa. Ou melhor, à esposa de um dos sócios, algo valioso que ela havia esquecido em uma visita. Mais tarde, tornou-se complicado devolvê-lo. Mesmo que ela quisesse – e é claro que queria –, era impossível restabelecer a ordem. Poderia devolver o que foi roubado, mas não sem consequências. Optou por calar-se. No final, ela foi pega. Chamaram-na de lado, comportaram-se com discrição. Até então ela havia sido uma boa funcionária, qualificada e responsável, então só lhe perguntaram por suas razões, que ela não soube dar. Bem, eles disseram, às vezes a gente não sabe por que faz o que faz, não é mesmo? Tanta amabilidade a deixou desconfiada. Não podia acreditar que uma simples advertência fosse suficiente. Talvez alguém tivesse intermediado para que ela fosse perdoada. Alguém que mais tarde a deixaria saber que lhe devia um favor. Sua absolvição agora tinha um preço, e ela não estava certa de que queria pagá-lo. Não queria ficar em um lugar onde, a partir daquele momento, seria olhada por cima dos ombros, com condescendência, sabendo que tinha algo a calar e que, se continuava trabalhando lá, era graças à generosidade e compaixão de seus superiores, sob as novas cláusulas de um contrato não escrito.

Píter a escuta assentindo, muito concentrado na história, mas, quando Nat termina de falar, tudo o que ele faz é repetir seu elogio inicial: é corajosa, diga o que disser, foi corajosa em romper com tudo. Outro em seu lugar teria baixado a cabeça, ele tem certeza. Você não deve se sentir culpada. Às vezes, certos erros levam a um acerto, a uma mudança de curso ou até mesmo a uma revelação. Não é um acerto que agora esteja ali, começando uma nova vida?

Os dois brindam e bebem, mas uma sombra caiu sobre eles, viciando o ar. Uma nova vida, pensa Nat, e imediatamente se sente envergonhada. Tudo o que ela contou é verdade; no entanto, por causa da forma de contá-lo – a seleção de palavras, a cadência, as pausas e desvios –, se cobriu com um halo de falsidade que a repugna. Sua necessidade de se justificar, pensa, é lamentável.

Vendo seu ânimo decair, Píter gentilmente muda de assunto, pergunta sobre a tradução que está fazendo. É o primeiro trabalho que recebe, explica ela. A primeira tradução literária, esclarece, nunca antes tinha feito algo desse tipo. Na verdade, acreditava estar em um período de teste. A editora que lhe ofereceu o serviço confia em sua capacidade, mas se trata de um salto qualitativo, isso é inegável. A tradução comercial é pura papelada, e isso..., bem, o que ela faz aponta para a essência, para o próprio núcleo da linguagem.

Píter não está tão interessado em disquisições teóricas, e sim no próprio livro. Do que trata?, ele pergunta. É um romance, um ensaio, o quê? Não é possível explicar do que ele trata, diz Nat. Não tem um argumento que se expanda e possa ser reduzido a uma única frase ou duas. São peças teatrais muito curtas, quase esquemáticas, com um tom filosófico. A autora não as escreveu em sua língua materna, mas na do país onde se exilou, então a linguagem é muito rudimentar, até mesmo sem graça. A princípio, Nat pensou que seria uma vantagem para a tradução, mas está começando a se revelar como o oposto, como uma dificuldade.

Agora ela é forçada a elucidar se o surgimento de cada palavra inesperada ou ambígua é devido a um erro pelo desconhecimento da linguagem ou se é um efeito buscado depois de uma intensa meditação. Não há como saber.

– E você não pode perguntar à autora?

Nat nega com desgosto. A mulher morreu, talvez seja preferível assim, dessa forma ela se poupa do desgosto de ver a trapalhada que Nat está fazendo com seu livro.

Píter sorri, olha para o céu novamente. Que profissão bonita, diz ele, a tradução. Interessante e útil, acrescenta. Necessária. Ele deixa a taça de lado e com um guardanapo limpa a baba da cachorra. O animal se deixa tocar com mansidão e, nessa placidez – e na atitude de Píter –, Nat encontra uma grande delicadeza, mas uma espécie de delicadeza artificial e impostada. Sieso jamais se deixaria limpar assim. Talvez seja por esse motivo que Píter faz isso com sua cachorra, para marcar as diferenças. Quando ele termina, enche a taça dela de novo. Difusamente, Nat pensa: ele está me deixando bêbada. À distância, perfila-se uma palavra – *assim* – e, depois, uma frase completa: *é assim que os disfarces começam.*

Por que Píter não conta nada sobre si mesmo? Por que se limita a questioná-la, a tentar extrair coisas dela? De onde tira a autoridade para lhe dar conselhos? É hora de ir embora, ela anuncia, mas quando se levanta, toma consciência de como está tonta. Cambaleando, Nat dissimula quando Píter a acompanha ao banheiro, onde ela fica por um bom tempo até que o efeito do álcool se dissipe um pouco.

Já é bem tarde quando ele se oferece para levá-la até sua casa. Ele a deixa na porta, pergunta se ela ficará bem. Nat assente e lhe agradece. Píter roça com suavidade sua bochecha, deseja-lhe boa-noite – descanse, diz ele –, e isso é tudo. Nat fica surpresa, até mesmo desapontada. Ele não iria beijá-la ou tentar beijá-la? Não tentaria levá-la para a cama? Isso não é o previsível, o que se espera de um homem? Por que Sam Cooke e Miles Davis, por que tanto vinho, por que a Via Láctea? Ela havia preparado uma desculpa para nada; mas ela queria mesmo algo diferente? Não, definitivamente não, mas também não queria isto, o tropeço na entrada, o passo desenfreado, a vertigem e a completa solidão da casa fechada. Nat vacila procurando a cama e então ouve algo, um barulho se aproximando nas sombras. Sente que seu coração despenca de repente em direção aos pés, até que percebe Sieso lambendo sua mão, cujo tremor ela não é mais capaz de controlar. É a primeira vez que o cão lhe dá uma demonstração de carinho, uma acolhida. Emocionada, ela se abaixa, chora, fala com ele.

– Você me assustou!

Nat se abraça a ele. O pelo áspero entra em seu nariz e nos olhos, mas mesmo assim o abraça, com tanta força que Sieso acaba escapando com um grunhido.

A partir daquela noite, seu relacionamento com Píter se estreita. Ter revelado certas coisas deixa Nat em desvantagem, mas essa assimetria não a preocupa, já que não lhe contou tudo, longe disso. Depois das confidências, sua atitude não mudou, na verdade ele se tornou ainda mais afável, inclusive mais carinhoso. Os dois passam o dia trocando mensagens e muitas vezes Nat vai vê-lo em sua casa, não precisa mais de um convite, vai quando sente vontade ou quando fica entediada. Seguindo sua intuição, esconde dele informações que acha inconvenientes. Por exemplo, não lhe fala sobre o lento progresso de Sieso ou seu medo do proprietário, pois para quê? A tendência de Píter de se intrometer em tudo, aquele tom de conselho baseado na suposta voz da experiência – por ser homem, por ser mais velho, por estar em La Escapa há mais tempo, por ser amigo daqueles que Nat mal sabe o nome –, não é tão grave a ponto de impedir sua amizade.

O que ficou evidente no jantar – que entre os dois não há atração sexual – contribui, paradoxalmente, para aproximá-los. No entanto, o desinteresse de Píter disparou um alarme em Nat: o sinal de que começa a perder um poder que possuía inconscientemente até então. Como o dinheiro, diz-se, também o capital erótico vai sendo drenado sem que a gente perceba, só nos tornamos conscientes dele quando desaparece, e nos examinamos no espelho com um olhar desprovido de pena, avaliando as partes de nosso corpo ou de nosso rosto onde o erro possa estar. É verdade que, desde que se mudou para La Escapa, ela foi negligenciando os cuidados pessoais. Está sempre com o cabelo despenteado e áspero, as roupas de trabalho não a favorecem e as horas ao sol, mais do que bronzear sua pele, a avermelharam e ressecaram. Mas deve haver algo mais. Algo que tem a ver com a idade, com o peso do tempo – mais do que com a passagem dele.

Prefere não pensar nisso e, como tantas outras coisas, deixa a ideia de lado, de quarentena.

Às vezes, tem a sensação de que o proprietário voltou a usar a chave e entrou na casa em sua ausência. Não há nada objetivo que demonstre isso, nada que tenha sido mudado de lugar, nem há vestígios de sua passagem, mas a mera possibilidade – uma possibilidade real, como ela já viu – tem peso mais do que de sobra para angustiá-la.

Para afastar as suspeitas e não ficar obcecada, ela se força a ser racional. No entanto, basta fechar os olhos e relaxar a consciência para que o espectro vagueie livremente outra vez em forma de pesadelo.

Um sonho recorrente é que descobre uma janela ao lado de sua cama, uma nova janela da noite para o dia, com a persiana baixada até a metade e cortinas brancas que bloqueiam parcialmente a vista. Por trás da janela, ou o tanto que se pode ver através dela, se vislumbra uma paisagem irreconhecível, mas muito realista. Nem sempre é a mesma: às vezes são montanhas nevadas sob o céu enegrecido; outras, um mar furioso ou blocos de edifícios muito altos, com todas as luzes acesas. Quando, fascinada, tenta sentar-se para observar melhor, percebe que está presa à cabeceira da cama – ou ao estrado, ou aos pés da cama –, com fitas amarradas nos pulsos. Parecem pouca coisa, as fitas, mas a imobilizam completamente. Nat não sabe quem a amarrou nem quando isso aconteceu. Observa os nós que pressionam suas veias, o atrito que eles deixaram em sua pele e os dedos dormentes, formigando, devido à falta de circulação. O medo se instala dentro dela. É então que ela ouve a porta se abrindo e o homem entrando, seus passos lentos e arrastados, sem intenção de se esconder. Nat se pergunta onde Sieso está, por que ele não latiu para avisar. Sem se mover da cama, ela consegue ver o homem que anda por todos os cômodos da casa – uma casa muito maior do que pensava, com uma infinidade de quartos cuja existência desconhecia: aposentos nos fundos, sótãos, pequenos quartos dentro de outros quartos. Ela vê o homem, as costas do homem, vê sua nuca nua e determinada, entrando em todos os lugares, profanando o espaço com sua simples presença, mas não é capaz de distinguir seu rosto. O homem se aproxima de sua cama. Algo em sua garganta cresce como uma esponja, amortizando o grito. Sufoca.

Nat acorda suada, com as extremidades intumescidas e as gengivas ressecadas. Os ruídos da noite se misturam em sua percepção ainda confusa: os relinchos nervosos de um cavalo, uma coruja piando, o canto denso dos grilos e os cães, sempre os cães, sobrepondo seus latidos uns aos outros.

Mas pior são os ruídos que ela descobre, e até procura, dentro da casa, todos os dias, todas as noites, quer sonhe ou não. Rangidos e chiados, o ar vindo através das persianas, o murmúrio do ventilador, os passos de Sieso, golpeando com as unhas o velho chão de madeira da varanda ou dando voltas em torno da estaca. Nenhum desses ruídos está relacionado ao proprietário, mas ela não baixa a guarda. No dia em que volta, com as contas do segundo mês, ele o faz chamando à porta. O alívio que Nat sente é tão grande que paga sem questionar. É melhor assim, diz a si mesma. Não pedir nada, terminar logo e não voltar a ver sua cara até o mês seguinte.

Depois de tantos dias e tantas caminhadas, já conhece a fundo todas as estradas, todas as casas e aqueles que as habitam, embora persista a impressão de que algo lhe escapa, que há coisas que ela não é capaz de ver ou entender. A silhueta de El Glauco é onipresente, para onde quer que Nat olhe, mesmo quando vira as costas para ela, à espreita. Não é possível escapar daquela montanha, diz a Píter, é como se ela a estivesse vigiando o tempo todo. Mas ele pede que Nat imagine La Escapa sem El Glauco: seria uma terra plana, sem personalidade, idêntica a tantas outras. O que a incomoda é a diferença, assevera com solenidade, e ela percebe que eles falam de coisas distintas, como quase sempre.

Uma casa abandonada chama fortemente sua atenção. Em suas paredes semiarruinadas alguém escreveu CASTIGO DE DEUS e também VERGONHA em grandes letras vermelhas. Píter lhe conta que há algum tempo vivia ali um casal, irmão e irmã, que segundo os boatos mantinham uma relação incestuosa. Chegaram a La Escapa fugindo de outro lugarejo e ficaram vários anos sem se relacionar com ninguém e em um estado notável de pobreza – pois ninguém lhes deu trabalho –, evitando como podiam os insultos e até ataques – uma vez, diz Píter, quebraram suas janelas com pedras; em outra ocasião, incendiaram o galpão. O homem, que devia estar na casa dos cinquenta, morreu de súbito de um infarto; sua irmã, mais nova e aparentemente com um atraso mental, foi embora alguns dias depois, deixando a casa como estava. Os mesmos que os repudiavam, enojados, apareceram na mesma hora para arrebatar todos os pertences que consideraram úteis e destruíram o resto com furor em uma grande fogueira. Depois, fizeram o grafite.

Mas tudo isso aconteceu há muito tempo, Píter se apressa em esclarecer, é uma espécie de lenda obscura. Ele nem morava lá, conta apenas o que ouviu por aí. Ela não deve ficar com uma imagem ruim de La Escapa, as coisas mudaram muito desde então, as pessoas estão se tornando cada vez mais tolerantes, mais civilizadas. Nat pensa que, se fosse verdade, alguém teria se dado ao trabalho de apagar o grafite. Que ele permaneça assim, à vista de todos, é uma espécie de lembrete e até mesmo uma advertência.

Ela pode passar o dia inteiro andando pelas redondezas e, com exceção dos grupos de trabalhadores, só se encontra com o cigano que recolhe sucata ou faz entregas, com o velho Joaquín – marido de Roberta – ou com o alemão, que vai e vem a Petacas com seu furgão, ela supõe que para distribuir os legumes de sua horta. Se não fosse por Píter, é possível que ela não falasse com ninguém por dias. Agora que não é mais uma novidade, nem mesmo a garota da loja tem interesse nela. Limita-se a despachá-la sem tirar os olhos da televisão pendurada em um canto. Seu tédio emite um halo de desespero. Nat a vê estalando os dedos até rangê-los, cantarolando absorta com um fio de voz. Em seu rosto ainda adolescente já se pode adivinhar como será quando tiver cinquenta, sessenta anos de idade, quando for afligida pelas mesmas enxaquecas que sua mãe tem agora. Nat gostaria de ser gentil com ela, mas não consegue pensar em algo a dizer.

Às vezes, vai com Píter ao bar do Gordo, um armazém com telhas onduladas iluminado por uma única lâmpada que lança uma luz fria... Eles tomam cerveja com os homens que param por ali – sobretudo agricultores e pedreiros –, pessoas que falam sobre assuntos para os quais Nat não pode contribuir com nada. Píter conversa com eles com naturalidade, embora ela tenha a impressão de que age assim para se pôr no mesmo nível deles. O Gordo às vezes cobra demais, às vezes não cobra nada, e não permite que ninguém discuta com ele sobre isso. As piadas que faz com os clientes sempre têm um matiz agressivo e provocador; no entanto todos riem despreocupados, incluindo Nat. Ela nunca iria àquele lugar sozinha, mas com Píter é diferente.

Os fins de semana são mais animados. A casa que fica ao lado da de Nat, batizada de Chalezinho – assim reza uma placa colorida na cerca –, é ocupada por um jovem casal com dois filhos pequenos – menino e menina – que passam o dia no jardim gritando uns com os outros, como se essa fosse a maneira mais natural ou a única maneira possível de se comunicar. A vizinha, uma mulher espigada e tagarela, é acolhedora, embora olhe para Nat com alguma desconfiança, talvez porque não compreenda muito bem o que ela faz ali sozinha, naquele barraco sem conforto, com aquele cão arisco. Píter, que é amigo do casal há tempos, fez para eles os vitrais das janelas superiores, que aquecem o interior, um tom avermelhado ou laranja dependendo da luz solar. A vizinha diz a Nat que ela herdou de surpresa o Chalezinho de uma tia-avó. No começo, tentaram vendê-lo, mas não tinha jeito, ninguém queria comprar aquela casa desconjuntada e escura. Então, o que eles fizeram, conta com um suspiro resignado, foi aproveitar suas possibilidades, fazer algumas reformas para que as crianças desfrutassem pelo menos da vida ao ar livre. Seu marido, mais entusiasmado do que ela, corta a grama com uma regularidade impecável e se distrai construindo casinhas e balanços para os filhos.

Muitas vezes, Nat torce para que a segunda-feira chegue logo para ficar tranquila de novo.

Certo domingo, os vizinhos oferecem um churrasco para o qual convidam um monte de gente, quase todos amigos da cidade que se deslocam até La Escapa só para participar. Nat e Píter também são convidados. Nat gostou de ter sido chamada, mas depois fica de lado timidamente, bebendo e observando os outros de um canto. Não entende bem que muitos dos convidados andem pelo jardim só de maiô. É ilógico, pensa, porque não há piscina, nem mesmo uma inflável, apenas uma mangueira com a qual eles se refrescam de vez em quando ou que usam para brincar, como crianças pequenas. Há algo obsceno ali, pensa: a indecência de um desfile de corpos imperfeitos, seminus e molhados. Falam de gastronomia e política sem trégua, às vezes de ambas as coisas ao mesmo tempo. Parecem estar bem informados, o que faz com que Nat se retraia ainda mais. Alguns se aproximam dela para perguntar sobre sua vida. Ficam impressionados com sua presença em La Escapa, sem uma razão visível para justificá-lo. Outros pensam que ela é a nova namorada de Píter e agem de acordo com isso, empregando um *vocês* que ela não se preocupa em negar. Todos parecem sentir-se atraídos pela ideia do retiro campestre, que revestem de um sentido romântico; quando fazem algum comentário elogioso sobre isso, Nat tem vontade de responder que está lá apenas porque é o lugar mais barato que encontrou. Mais tarde, descobre o olhar da vizinha pousado nela do outro lado do terreno.

– Temo que ela esteja com ciúmes – Píter diz, chamando-a de lado. – O marido dela não para de falar de você. Não percebeu?

Sim, tinha percebido. Foi ele quem se encarregou de apresentá-la aos seus amigos – e havia orgulho em sua voz ao pronunciar o nome dela –, quem insiste em destacar certos detalhes – que trabalhou arduamente para deixar a casa apresentável, que resgatou um vira-lata, que é tradutora –, quem se encarrega de encher seu copo, como um anfitrião impecável, embora, em troca, negligencie o resto dos convidados. Assim, nem tudo está perdido, Nat pensa com prazer. No entanto, sua complacência também inclui uma dose de zombaria. É sempre assim, não pode deixar de ver em perspectiva: o macho à caça de uma nova presa que caia rendida de admiração, o olhar penetrante e com um desejo de seduzir, mas também as costas arqueadas, os pés chatos e a ridícula tonsura na cabeça ao se virar. Como alguns homens são absurdos, Nat pensa, divertida.

Um dia, Píter a incentiva a participar de uma assembleia de vizinhos; nem toda La Escapa estará lá, mas ela deveria ir, sua opinião é importante. Que tipo de assembleia?, Nat pergunta ressabiada. Ela se incomoda com a obrigação que se esconde por trás do convite de Píter e também não tem muita clareza sobre qual é seu papel como vizinha, pois se considera nada mais do que uma recém-chegada, sem voz ou voto. La Escapa é um distrito, explica Píter, deixada nas mãos de Deus apesar de ter um representante distrital, que é, como se pode imaginar, o dono da loja, que gosta de mandar mais do que aparenta. De qualquer forma, sua autoridade não serve muito, os demais também deveriam tomar as rédeas e exigir que a prefeitura de Petacas – a verdadeira responsável administrativa por La Escapa – faça alguma coisa. Paradoxalmente, quem está por trás da assembleia são os donos do Chalezinho, o próprio Píter e alguns outros da nova fornada – esta é a expressão que ele usa: *nova fornada* –, gente com vontade de melhorar as coisas. Mas que coisas, Nat pergunta, que coisas?

– Parece que você não está muito animada.

– Não é isso. É que não sei no que eu ajudaria na reunião. Sou apenas uma inquilina; além do mais, o proprietário da minha casa é que deveria ir.

– O proprietário não se preocupa com os problemas daqui. Você já sabe como ele é.

Sim, ela sabe. Também sabe que Píter tem sua parcela de razão, embora seja difícil para ela concordar. Ele menciona a necessidade de melhorar o serviço de coleta de lixo, a falta de iluminação das estradas – tão perigosas à noite – e o perigo de todos aqueles buracos e valetas que acabam com os pneus dos carros.

– Do seu também, né?

Ela assente: os do carro dela também, e finalmente concorda em ir.

A reunião é realizada na loja. Ao chegar, Nat fica surpresa ao ver que quase não há espaço lá dentro, embora, como Píter anunciou, nem todos tenham ido. Não vieram, por exemplo, os ciganos – ela pressente que, para alguns, eles são um problema do mesmo nível dos buracos ou até maior –, tampouco o Gordo, que aparentemente não se dá bem com o dono da loja – os dois vivem brigando, sussurra Píter. O velho Joaquín chegou com Roberta, possivelmente porque não tem com quem deixá-la. A velha senhora não está em seu melhor dia. No meio da reunião, ela começa a falar sem nenhuma coerência, com sua voz esganiçada. Embora articule perfeitamente seu discurso, usa palavras cultas, sem conexão entre si, palavras de significados restritos, como *peixe-boi*, *pântano*, *turbidez* e *glândula.* Nat lembra que essas palavras acabaram de aparecer em um documentário que passou na tevê ao meio-dia, um programa sobre as Antilhas tremendamente chato, mas que deve ter chamado atenção da velha, confundindo-a, porque em seu modo de falar há um desesperado tom de pergunta: o que tudo isso significa?, ela parece dizer, por que estão todos discutindo sobre coisas que ela não entende? – coisas como *acostamentos*, *semáforos* ou *contêineres* – enquanto desfilam em sua cabeça imagens do oceano e palavras desvinculadas umas das outras.

Enquanto sua mulher fala, Joaquín se limita a esperar sem uma pitada de constrangimento, confiante de que todos farão o mesmo – esperar com resignação e cortesia –, mas Nat percebe a impaciência, o olhar baixo e os pigarros. Píter sorri condescendente, o casal do Chalezinho cochicha um com o outro, o dono da loja faz caretas, e apenas o alemão, apoiado em algumas caixas de conservas, permanece imperturbável, com a cabeça inclinada e os olhos cravados nas botas, que se movem lentamente de um lado para o outro. Nat o observa. Como é que ele foi à assembleia, tão solitário e independente quanto parece? Ela não sabe por que o chamam assim, *o alemão*, já que ele não é alemão nem tem a aparência que se imaginaria para um alemão de acordo com o estereótipo – é claro – do germânico alto, loiro e forte. Pelo contrário, esse homem é pequeno e de tez escura e tem cabelos ralos, com entradas. Seu nariz largo e feio, o bigode que se curva para baixo e os óculos de míope não o tornam muito exótico, mas o contrário, terminantemente local. *Alemão* deve ser um apelido, assim como Píter é chamado de *hippie* ou Roberta de *bruxa*. Nos povoados, as pessoas costumam ser chamadas pelos apelidos, não é mesmo? Nat se pergunta se ela também tem um apelido, mas não tem certeza de querer conhecê-lo.

Na pilha de lenha, Nat descobre uma pequena cobra enroscada. É uma víbora-cornuda, com seu chifre insolente sobre a boca e a expressão carrancuda e concentrada. Nat dá um salto para trás. Quando criança, ouviu que o veneno dessas cobras é mortal, que é capaz de acabar com a vida de um homem em meia hora. É preciso tirá-la dali o mais rápido possível, mas Nat teme que a cobra se volte contra ela se tentar matá-la. Além do mais, como fazer isso? A ideia de esmagá-la com um pau a repugna. Ela sai para buscar ajuda, embora demore muito tempo para encontrar alguém que concorde em dar-lhe uma mão.

Píter está em Petacas, e os pedreiros que ela procura dizem que estão muito ocupados. Um deles promete passar assim que terminar o que está fazendo, mas Nat não pode esperar. Finalmente consegue que vá o cigano, que não só não apresenta nenhum empecilho, mas o contrário, vai rápido e com disposição, arregaçando as mangas. A cobra não saiu do lugar. Letárgica sob o sol que bate direto na madeira, permanece imóvel, mas também expectante, como se antecipasse de soslaio – com seu olho dourado e a pupila vertical aterrorizante – o perigo. O cigano usa uma pedra para esmagá-la até a morte. O sangue brilha sob suas escamas desfeitas, e Nat é tomada pela náusea ao olhar para ela, mas o alívio que sente é muito maior do que o nojo. Ela vasculha a carteira para dar um trocado ao cigano; ele levanta a mão, tranquilizador, talvez também ofendido.

– Deixe de besteira. Já matei tantas dessas... Se me pagassem toda vez que fiz isso, eu já teria um Audi e uma casa de três andares.

Píter mais tarde dirá a ela que não devia tê-la matado. As víboras-cornudas não são venenosas, isso não passa de uma lenda. Preconceitos e medos infundados, é sempre o mesmo, diz ele, balançando a cabeça com pesar. Você realmente acha que uma cobra de pouco mais de meio metro vai desperdiçar seu veneno, seu precioso e escasso veneno, mordendo um ser humano? Não, uma víbora assim jamais ataca, a menos que seja importunada, como eles fizeram.

– E o que eu tinha que fazer então? – Nat pergunta.

– Nada. Deixá-la em paz. Ou pegá-la com cuidado e levá-la para outro lugar. Elas viviam aqui antes de nós, certo?

Nat concorda com ele – não tem outro remédio além de concordar –, mas pensa: mesmo uma simples cobra tem direitos preferenciais sobre o terreno. Por outro lado, ela, por mais que o tempo passe, nunca deixará de ser uma intrusa.

Certa noite, o vento muda de direção e começa a esfriar. Nat está lendo na varanda; primeiro vai buscar uma jaqueta, depois entra na casa, morta de frio. Em seguida, caem algumas gotas quentes e espessas, e em alguns minutos irrompe o temporal, levantando um cheiro novo e esperançoso da terra molhada. Nat se alegra como uma criança. Sente que finalmente superou uma etapa, a primeira e mais difícil, e que a chuva marca o início da próxima, muito mais promissora. Mas a alegria dura pouco: apenas o tempo necessário para que as goteiras se tornem visíveis e se forme, no piso, uma poça que cresce a cada minuto. Nat corre para buscar um par de baldes; quando volta, com os cabelos e as roupas encharcados, a lama já começou a tomar conta da casa. Incrível, diz a si mesma. O que se faz nesse caso? E como ela não percebeu isso antes? Não tinha visto mil vezes as manchas amarelas no teto? O que achava que eram? Passa a metade da noite esvaziando os baldes e colocando-os de volta, até que a chuva diminui e ela consegue descansar por um tempo. Dorme a intervalos, temendo que volte a chover, sabendo que dessa vez não terá escolha a não ser avisar o proprietário. Mas de manhã o céu está radiante, sem uma pitada de nuvens. Será que pode adiar? Pelo menos até a próxima vez que ele aparecer com as contas? Com sorte, não choverá até lá; é preferível esperar, não acordar o monstro antes do tempo. Sabe que está se dando desculpas para não enfrentar o problema, mas também diz: não são desculpas, são fatos, o céu não pressagia mais chuva, foi só a típica tempestade de agosto, nada que seja preocupante por enquanto.

Nat acerta em suas previsões: não cai nem uma gota nos dias seguintes. Dessa forma, ela quase consegue se esquecer do assunto, embora não completamente. Quando olha para o teto, tem de se confrontar toda vez com as manchas, como as de urina e cal, que a repugnam tanto. Quando o mês termina e o proprietário aparece com seu macacão imundo, Nat lhe mostra as manchas e ele estreita os olhos para olhá-las. Nat lhe diz o que aconteceu na noite do aguaceiro, das poças e dos baldes. Explica que é por isso que a madeira do piso está podre. É uma prova irrefutável, pensa, agora ele não será capaz de negar as evidências.

– Bem, menina, mas não há tempestades assim todos os dias.

– Nem todos os dias. Mas isso pode acontecer de novo. Quero dizer, com certeza vai chover neste outono, não? Embora não seja tão forte, mas os vazamentos estão lá e... – hesita – ...o chão está estragando.

Enquanto ela fala, o proprietário olha para seus seios. Ele faz isso de propósito, pensa Nat. Para desestabilizá-la, pensa. Para humilhá-la. Com os lábios tortos, ele diz que se o chão apodrecer não é problema dela. A casa não é dela, certo? Você é apenas uma inquilina, ele repete, uma inquilina que não fez nada além de reclamar desde que chegou.

– O que você quer que eu faça? Você acha que com a merda do aluguel que você me paga eu consigo fazer alguma obra?

Nat fica fora de si, mas é incapaz de demonstrar sua raiva. Quer ser contundente, mas soa apenas dúbia e assustada.

– Então? Quando cair aquela chuva de novo eu coloco baldes e pronto?

– Exato!

Ele aponta o dedo para Nat e ela desmorona. Sua garganta arde, uma comichão que abrasa até mesmo seus olhos. Vai se desmanchar em lágrimas? Não, não deve permitir que isso aconteça. Tem de se segurar de qualquer jeito.

– Eu acho... tudo isso é... não me parece normal.

– Não? Não lhe parece normal? E o que parece normal para você, menina? Vir para o meio do mato, mas com o conforto da vida da cidade?

Então ele começa a falar no plural, mexendo muito os braços, dando voltas.

– Vocês são todas iguais. Pensam que isso aqui é o céu com estrelinhas à noite e os cordeirinhos balindo pela manhã. E então vêm com essa de ai os mosquitos, ai a chuva, ai o matagal. Olhe, eu baixei demais o preço. Ou não baixei? Ou você não se lembra mais? Quando você teve um problema, eu não resolvi? Não vim consertar a torneira? Ah, mas você também achou aquilo demais. Não há ninguém que entenda vocês. Olhe, eu tenho coisas mais importantes para fazer. Me dê o dinheiro do mês e me deixe em paz.

Nat paga e ele vai embora batendo a porta. Aí sim ela chora, cheia de raiva por não entender por que aquele homem a aterroriza tanto. Um homem mal-educado e mesquinho, sem poder real sobre ela. Não é claramente inferior? Sem instrução, sujo e pobre, que mal pode fazer a ela? Por que a afeta tanto? Ela chora e, ao mesmo tempo, tenta se convencer de que talvez não haja mais vazamentos, talvez colocar alguns baldes nos dias ruins seja suficiente, talvez tenha sido um aguaceiro fora do comum, talvez seja verdade que não é para tanto, talvez ela possa suportar por alguns meses; claro, é verdade que esta não é sua casa, ela vai acabar indo embora mais cedo ou mais tarde e, enquanto isso, é preferível viver tranquila, não se alterar, não permitir que nada a perturbe, essa será sua maneira de ganhar dele, de sair por cima.

Mas as manchas continuam falando por si mesmas. Dessa vez, é o alemão que as vê, quando bate à sua porta para lhe oferecer uma caixa de legumes. Ao deixá-la na entrada, seu olhar pousa nas tábuas estropiadas; ele levanta a vista e observa o teto com atenção.

– Tem goteira aí – diz.

Ele fala de uma maneira peculiar, entrechocando as sílabas umas com as outras, com certa brusquidão ou certa pressa. Sem olhar nos olhos dela, pede uma cadeira e sobe para ver mais de perto. Nat observa suas botas – pesadas e descuidadas, as mesmas que ele usava no dia da reunião – enquanto o alemão explica a causa do problema.

– Parece que está assim faz muito tempo. Tenho certeza de que tem um bom monte de telhas quebradas lá em cima. Tinha que verificar e ver se dá para arrumar, mas acho que não. Quando as goteiras são superficiais, basta cobrir as telhas com betume ou cal, mas acho que isso é mais complicado. O que o dono da casa disse?

– Que só há vazamentos quando chove muito. Que não é problema dele. E que não vai fazer nada.

O alemão desce da cadeira, balança a cabeça.

– Assim que chover outra vez, mesmo que sejam quatro gotas, tudo vai inundar de novo. Eu poderia consertar para você.

Nat gosta que ele não opine sobre a atitude do proprietário. Gosta que ele não a julgue, que não qualifique a situação como justa ou injusta, que não a inste a discutir ou defender sua opinião. O alemão se atém à realidade dos fatos, aborda a situação de frente e sem interpretações. Precisamente essa atitude a encoraja a desabafar e protestar.

– É um abuso que eu tenha que resolver. Ele deveria, não? A casa é dele.

– Sim, mas o problema é seu. Eu posso te ajudar, sério. Sei como consertar.

Para provar isso, detalha o procedimento a ser seguido: primeiro, avaliar até onde vai a quebra; em seguida, procurar telhas semelhantes e entelhar a área afetada. Por último, canalizar o excesso de água para que nunca mais aconteça, com grades ou calhas, isso se vê depois. Mas não somos amigos, pensa Nat. Vou ter de pagá-lo. E quanto vai custar algo assim? Ela não tem muito dinheiro, mas não vai aceitar nenhum favor. Não desconfia dele, mas não quer lhe dever nada.

– Não sei se posso pagar – diz ela.

O alemão permanece em silêncio. Ela suspeita que está chegando a hora em que ele se oferecerá para fazê-lo de graça. Mas, depois de alguns segundos, ele diz que entende. Ele também não é capaz de calcular com precisão as despesas antes de começar. Não quer tirá-la de um incômodo e jogá-la em outro. Ele dá de ombros e olha nos olhos dela pela primeira vez. Não há decepção em seu olhar. Nem resignação. Apenas um rastro de timidez e bondade, e talvez vergonha. Pode ser que ele também esteja com pouco dinheiro e tenha visto uma oportunidade de ganhar um extra. Nat acha honesto, mas improcedente. Só lhe resta cruzar os dedos para que não chova e comprar baldes maiores, por precaução. Ela paga pelos legumes, agradece e o acompanha até o lado de fora.

O que acontece apenas duas horas depois será lembrado mais tarde por Nat meticulosamente, com a necessidade de fixar-se nos detalhes para não esquecer nada, para que a memória não o perverta, adultere ou disfarce.

Em sua memória ressoará uma palavra – *droit* – e uma frase – *le droit de sauver* –, um diálogo que estava traduzindo naquele momento. *Você não tem o direito de salvar quem quiser*, protestava um dos personagens, e o outro respondia: *Não é um direito, é um dever!*

Nat está escrevendo justamente essas palavras quando ouve alguém chamando-a. Ela se levanta e sai, e é ele, o alemão, que a espera na entrada sem se aproximar, embora o portão tenha permanecido aberto desde sua partida. Ela percebe que ele trocou de roupa: as calças cinza e desbotadas por outras azuis e limpas, a camiseta preta com publicidade de uma oficina de carros por uma camisa bege desgastada, quase transparente. Ele não sorri, mas também não está sério. Em vez disso, dá a impressão de se concentrar em algo, algo que ele vai fazer ou dizer que nem sequer parece ter uma relação direta com Nat. Ela chega a pensar que ele esqueceu alguma coisa, ou que ela se equivocou ao pagar os legumes, ou que finalmente ele vai se oferecer para consertar os vazamentos de graça, assim como suspeitou desde o início. Quando ela o vê olhar para as telhas, confirma que é a terceira opção. Era previsível, ela pensa, embora nada a partir daquele momento vá ser assim.

– Não quero que você fique com raiva – diz ele.

Ele para ali, observando o telhado com os olhos franzidos por causa do sol. Sieso se aproxima lentamente, cheira a parte de baixo de suas calças.

– Ficar com raiva? Por quê?

Ele procura as palavras adequadas, mas se demora não parece ser por causa do desconforto com a mensagem, e sim por uma indecisão relacionada ao uso da própria linguagem.

Nat espera que ele fale, intrigada, mas também com uma ligeira indiferença, como se o que ele fosse dizer – ou lhe propor, porque ela já sabe que se trata de uma proposta – não a afetasse.

– Acho que você está em seu direito de ficar com raiva. É um risco que eu corro.

Não é um direito, é um dever!, pensa Nat, mas sorri, encorajando-o a falar.

– Diga qualquer coisa. Diga agora, não vai acontecer nada.

E então ele diz. Diz a ela que está sozinho há muito tempo. Muito tempo sem uma mulher, especifica. Morar em La Escapa não facilita as coisas. Tampouco ter um temperamento como o seu, isolado e taciturno – embora não use esses adjetivos: diz, apenas, *um temperamento como o meu*. Não que ele se sinta mal. Ele não está triste nem deprimido, não é isso. Ele é sozinho na vida. Sempre foi assim. Mas é inegável que os homens têm certas necessidades. Quando ele diz isso, sua voz falha um pouco, embora ele rapidamente se recomponha. Já não é mais tão jovem, continua. Uns dez ou doze anos mais velho do que ela – ele a observa, avaliando-a. Não se sente velho, mas também não tem forças para conquistar ninguém. Ele sorri envergonhado, e Nat sente que não é por causa do significado do que foi dito, mas por causa da expressão que ele usou, *conquistar*, tão eufemística e antiquada, tão fora de lugar. Para encontrar mulheres, corrige, e para de sorrir. Também não quer recorrer a prostitutas. As de Petacas, diz ele, são miseráveis, ele tem repulsa por tudo isso. Ela assente mecanicamente.

A coisa é muito simples, continua o alemão. Ou deveria ser. Embora os homens e as mulheres não costumem apresentá-la nesses termos. Ninguém se atreve a falar claramente. O normal, ou o habitual, é andar sempre com segundas intenções. Ele acha que talvez com ela possa falar sem rodeios. É apenas uma intuição, ela pode entender mal e ofender-se, ou até mesmo interpretá-lo corretamente e também ficar ofendida. Ele não a conhece bem o suficiente para antecipar sua reação, então a única maneira de saber é perguntar. Espera alguns segundos, sondando seu olhar.

– Eu posso consertar seu telhado em troca de que me deixe entrar em você por um momento – diz ele.

Nat repetirá essas palavras depois, uma e outra vez, até temer tê-las inventado. Ele não diz *em troca de dormir com você*. Não diz, longe disso, qualquer outra expressão mais ou menos ofensiva que signifique algo semelhante. O que ele diz é que ela *o deixe entrar*. Nem sequer que *ele entre nela,* mas que *ela o deixe entrar*. Uma maneira estranha de propô-lo, que não pode ser devida a um mau domínio da língua – afinal, ele não é alemão! Deixá-lo entrar, repete para si mesma. Por um momento, ele disse. *Por um momento*. Nat pisca. Precisa ouvir mais, ou talvez ouvi-lo mais vezes para entendê-lo. Mas sua atitude – os braços caídos, as pernas afastadas, o olhar humilde e evasivo – indica que ele terminou de falar e agora está apenas esperando uma resposta.

– E como exatamente seria isso?

O alemão olha para ela por um instante, se esforça para sorrir, mas o resultado é mais como uma careta. De alívio? De satisfação porque ela não ficou zangada? Nat não saberia interpretá-lo. Apenas uma vez, diz ele. Por um momento, repete. O mínimo, ele diz depois.

– Não vou te encher. Não quero perturbá-la. Você não é uma prostituta, não quero que pense que eu te tomo como tal. É apenas – ele hesita – que eu gostaria de entrar em você por um momento. Simples assim. Você se deita e eu termino logo. Só isso. Faz muito tempo que não estou com uma mulher. Meu corpo precisa disso. Pensei que poderia te pedir.

Nat também se lembrará dessas palavras mais tarde. A frieza dos enunciados, tão curtos e afiados. Sua secura. Ele poderia ter dito o que geralmente é dito em tais casos. Ele poderia ter dito, por exemplo, que gostava de Nat, que se sentia atraído por ela, que corria o risco de fazer esse pedido tão direto porque era difícil para ele reprimir sua atração. Mas esse final – *pensei que poderia te pedir* – não significa nada. Ele não pede a Nat porque goste dela, mas porque – ela supõe – pode pedir-lhe. Então, a quem não pode pedir? A quem não pede porque – acredita – não pode pedir?

Sutil, mas espontânea, Nat agora se deixa levar pela irritação e também pela impaciência. A reação dura apenas um instante, mas é determinante em sua recusa, que brota brusca e áspera, quase surpreendendo-a.

– Obrigada, mas não.

Ok, ele diz, e vai embora pacífico, sem insistir, mas também sem pedir desculpas. Nat se despede como se, de fato, nada de estranho tivesse acontecido.

Mas, quando volta à sua mesa, não pode mais retomar o trabalho.

Não poderá retomá-lo por vários dias.

II

Chove. Não uma chuva forte, mas suave e constante, sem altos e baixos. Começa à meia-noite. Nat obriga Sieso a entrar na casa, deixa os baldes a postos e permanece atenta para esvaziá-los quando estiverem prestes a transbordar. Das tábuas do chão se desprende um calor úmido e pegajoso que a entorpece. Afunda pesadamente em um sonho embriagado, um sonho que é retomado depois de cada interrupção, sem que ela consiga quebrá-lo completamente. Nesse sonho, Sieso escapou e ela precisa correr atrás dele, mas está descalça e a única coisa que tem em mãos são botas de couro resistentes, como as do alemão. Não é o calçado mais adequado, mal avança, porque as botas pesam tanto que ela dificilmente consegue levantar os pés do chão. Não importa o quão desesperada esteja, não importa a pressa com que corre: já perdeu de vista o cão e só ouve seus gemidos, cada vez mais fracos. Quando acorda, percebe que os gemidos de Sieso eram reais e se misturaram no sonho. Mas e as botas? Também são reais? Reais ou irreais, elas não são a solução para seu problema, pensa.

Com o amanhecer, a chuva desaparece, assim como a revelação. Nat olha para o céu. Nuvens negras espessas estão concentradas sobre El Glauco; não vai demorar muito para chover de novo. No entanto, agora, em plena luz do dia, está tranquila. Pensa que as goteiras não são tão importantes. É só substituir os baldes quando necessário; sem dúvida, há pessoas que vivem em piores condições e avançam, sem reclamar. A proposta do alemão, a voz dele – a voz dele fazendo a proposta –, ainda ressoa em sua cabeça, mas sem perturbá-la. O alemão está lá, em sua memória, assim como estava na entrada de sua casa há alguns dias, falando com uma serenidade surpreendente. Ela o enfoca da mesma maneira, sem paixões.

O temporal continua durante toda a semana, embora em nenhum momento fique fora de controle. Chove e para, chove e para, uma alternância calma, boa para as plantações. Mesmo assim, os vazamentos persistem porque não há tempo para o telhado secar entre uma chuvarada e outra. Nat passa horas e horas vigiando os baldes, mal pode sair, exceto para comprar o essencial. Os dias passam e o cansaço se acumula. Ela olha para o céu com desânimo e uma angústia crescente se adensa nela.

Um meio-dia, aproveitando o fato de que a chuva deu uma trégua e que várias clareiras aparecem no horizonte, ela sai para desenferrujar as pernas. Sieso a acompanha até o portão, onde permanece plantado, mesmo que ela o chame com insistência.

– Bem, então fique aí – diz ela, irritada. – O problema é seu.

O cão a observa se afastar ao longo do caminho. Embora tenha refrescado, Nat está vestida com roupas leves, com shorts simples e uma camiseta de algodão. Cruza os braços para se proteger do ar frio e continua caminhando com o vento contrário. Passa pela casa de Píter sem quase olhar para ela. Avança com determinação, absorta, quase como um autômato, embora não fosse tão tola a ponto de negar que sabe perfeitamente para onde está indo. De fato, ela sabe para onde está indo, mas não para quê ou por quê, nem sabe de onde vem sua raiva ou, mais do que sua raiva, sua irritação.

Um pensamento fugaz atravessa sua cabeça, tão rápido que ela não tem tempo para pegá-lo e compreendê-lo. Algo sobre intercâmbios primigênios. O escambo como relação social básica. Por que não?, pergunta-se. Há algo de bonito ali. Algo essencial e humano.

A casa diante da qual ela se detém é muito parecida com a sua. Humilde, térrea, com janelas baixas. A principal diferença é que o jardim está localizado na parte de trás, e não na frente, por isso ela tem que se plantar direto na soleira da porta, que só está encostada. Ela pigarreia e chama com timidez. De repente, percebe que não sabe o verdadeiro nome do alemão. Põe a cabeça para dentro, pergunta tem alguém aí, mas soa mais como se afirmasse, não uma pergunta. Sua voz, na verdade, não se parece com sua voz, soa falsa, como se estivesse lendo o roteiro de uma peça. Tem alguém, repete. Como não há resposta, entra na casa, que cheira a madeira molhada e torradas. Há poucos móveis, roupas estendidas em um varal dobrável, uma televisão pequena e obsoleta em uma prateleira. Um gato malhado a observa do alto de uma mesa, completamente imóvel. Nat passa por ele, atravessa a casa e sai pela porta dos fundos, que leva à horta. O alemão está agachado ao lado de alguns sulcos de terra. Ouvindo-a, ele se vira e olha para ela sem surpresa, como se sua chegada tivesse sido apenas uma questão de tempo. Enxuga o suor da testa com o antebraço.

– Você veio – constata.

Ele se aproxima dela, vacilante. Nat olha para ele, sujo de barro, com os óculos caídos, suado, desajeitado, e se lembra do que ele disse dias atrás – *faz muito tempo que não estou com uma mulher* – e percebe, justo naquele momento, a transcendência que essa frase tem na proposta, a dimensão que a própria Nat alcança diante daquelas palavras. O que está prestes a fazer? Sexo por caridade?

– Você mudou de ideia? – pergunta ele. – Tanta chuva fez você mudar de ideia?

Nat assente.

– Você quer agora? Quer que seja aqui?

Ela assente de novo, instintivamente. De súbito, a pergunta parece descabida, quase absurda, mas ele já está largando as ferramentas, sacudindo as mãos.

– Me dê só uns minutos. Vou tomar um banho.

Ele sorri para ela ao entrar na casa: um sorriso tenso, possivelmente envergonhado, mas também cintilante, rápido. Ela fica do lado de fora, olhando para a horta. Dois outros gatos esquivos, mais magros do que o que está dentro da casa, atravessam o galpão dos fundos, onde sacos, lenha e ferramentas estão armazenados. A terra exala um forte aroma de fertilizante ou de lixo. Nat contempla o céu, as nuvens que se aglomeram ao longe: em breve começará a chover de novo. O cheiro, o vento em sua pele, os tons mistos de verde e marrom – folhas e terra –, o gosto acre de sua saliva – dos nervos –, tudo o que a liga àquele momento se expressa através dos sentidos e, no entanto, a sensação de irrealidade é avassaladora, a abstração vence o concreto, como se, mais do que estar à beira de uma nova experiência, estivesse representando uma cena em um set e com alguns atores: uma grande mentira. O alemão demora pouco. Ele sai para procurá-la com o cabelo molhado, penteado para trás. Aponta para as plantações de pimentões que se perderam.

– O que é bom para algumas plantas acaba com outras.

Nat percebe que ele fala para diminuir a tensão. No entanto, com esses comentários, ela aumenta. Um fio de raiva sobe em sua boca. Precisa terminar o quanto antes. Ele parece notá-lo, então a leva para dentro, onde, depois de gentilmente tomá-la pelo braço, mostra a ela um quarto às escuras. Baixa a voz enquanto explica que é melhor assim, sem luz. Não quer que ela fique desconfortável, diz ele. Não quer que ela se sinta chateada ou ofendida, repete.

– Vamos terminar logo.

Quando seus olhos se acostumam com a escuridão, Nat distingue uma cama pequena e bagunçada. Ele lhe pede, por favor, que se deite de costas. Ela pode se despir inteira ou apenas o estritamente necessário, o que ela preferir. Nat se deita, despindo-se da cintura para baixo, enquanto o alemão se vira para um lado, como se preferisse não olhar para ela. Os lençóis estão levemente úmidos, mas limpos, como se ele tivesse acabado de colocá-los sem secar completamente. Ainda virado, ele explica o que farão. Em suas palavras, mais do que indiferença, Nat descobre uma espécie de distanciamento profissional, para que ela não se esqueça de que esse encontro constitui um acordo comercial. No entanto, no fundo de sua voz, vibra também a incerteza, a incapacidade de conter completamente a inquietação. Nat sente então uma ligeira ternura, algo efêmero que logo desaparece. Pensa que ele é um homem que nunca a teria atraído e que tem de ser assim, dessa forma, na penumbra: um homem tentando ocultar seu nervosismo enquanto tira a calça e a camisa; uma mulher que espera disposta a se entregar sem entender completamente o motivo dessa entrega.

É assim que ela vê aquele momento: como uma entrega, uma rendição. Algo que ela cede a ele em troca de outra coisa.

Tudo se desenrola de acordo com o plano descrito. Ele já está muito excitado quando se põe sobre ela. Primeiro de joelhos, medindo o espaço entre suas pernas, com a cabeça inclinada, sem olhar para o rosto dela. Nat distingue a forma de seu pênis; observa-o curiosamente enquanto ele desenrola uma camisinha e a põe com cuidado. Então se aproxima, pouco a pouco. Ela se abre, levanta o quadril para facilitar o acesso. Ela *o deixa entrar*. Permite que ele esteja dentro. Este era seu pedido: estar dentro, por um momento. Suave, devagar, ela sente a dureza dele em seu interior, raspando-a ao tocá-la, apesar da delicadeza com que ele tenta se mover. Fecha os olhos. O alemão segura o tronco com os braços eretos para não esmagá-la com seu peso, os braços retos no colchão de ambos os lados dela, mas depois se deixa cair, passa as mãos por seus flancos e os percorre demoradamente, até o final da camiseta – onde começa sua carne –, na cintura nua – onde ele se detém. Nat ouve um leve grunhido, percebe a sacudida da descarga e o deixa permanecer dentro dela um pouco mais, seu corpo relaxando. Começou a chover outra vez e as gotas repicam ritmicamente na chapa de metal do galpão. Um dos gatos mia, lastimoso, e o alemão se afasta, se veste e sai do quarto para que ela também possa se limpar e se vestir com tranquilidade.

Quando eles saem, não falam sobre o que aconteceu. Ela não sabe se o silêncio faz parte do acordo. Não sabe se foi ou não o que ele esperava. Tanto tempo sem estar com uma mulher, ele dissera, e agora esteve com ela. Ela atende às suas expectativas? Apesar da brevidade do encontro, da distância entre os dois, ele obteve o prazer que buscava? Essas, a brevidade e a distância, eram as condições que ele mesmo havia imposto. Talvez achasse que assim a incomodava menos, ou talvez essas premissas iniciais correspondam a uma preferência íntima, a uma escolha.

Uma necessidade imperiosa de saber seu nome de repente a assalta. Já ouviu falar que eles o chamam de Andrea, mas tem suas dúvidas, porque Andrea é nome de mulher. Talvez seja Andreas, com um *s* que lá, em La Escapa, ninguém jamais vai pronunciar. Até onde ela sabe, Andreas é um nome grego, mas talvez também seja usado na Alemanha. É por isso que todos simplificam e preferem chamá-lo, às secas, *o alemão*? Nat não vai lhe perguntar nada, se algo está claro é que tais perguntas não têm sentido no que acabou de acontecer entre eles. Ela acaricia o gato malhado – que na verdade é uma gata – enquanto o alemão – Andreas ou qualquer que seja seu nome – procura um guarda-chuva para lhe emprestar, porque, embora a chuva esteja se intensificando, subentende-se que ela não quer ficar lá mais tempo. Ou talvez seja ele que não queira?

Quando se despedem, ele não agradece. Como deve ser, pensa Nat, isso não foi caridade ou altruísmo. Mesmo assim, seu peito está encolhido de frio e ela sente falta de alguma coisa. Talvez, sim, uma pequena mostra de agradecimento.

Naquela noite, ela mal consegue dormir, bombardeada por suas próprias dúvidas. Se comportou como uma puta? Como deve interpretar o que aconteceu? Como uma pessoa de fora classificaria isso? Se tivesse obtido dinheiro pelo momento, dinheiro vivo, se, por exemplo, ele o tivesse deixado na mesa ao lado da cama, o significado seria diferente? Para ela seria, já que não quer dinheiro, só quer resolver o tormento das telhas, que é, em última análise, o tormento do proprietário. Mas não seria a mesma transação econômica se ele tivesse dado dinheiro a ela e com esse dinheiro ela contratasse um pedreiro? O resultado não seria o mesmo? Não, não seria, conclui, porque teria introduzido mais elementos na cadeia – o dinheiro, o pedreiro –, elementos que não faziam parte do pacto.

Eliminar a questão do dinheiro, do dinheiro que se vê e se toca, finalmente a faz decidir não qualificar como prostituição o que aconteceu. No entanto, as dúvidas não desaparecem. Não está procurando uma maneira de se justificar, de tornar limpo o que não é? Realmente acha que deveria chegar a isso para consertar as goteiras? Ou simplesmente esperou chover para conseguir uma desculpa? Não era possível obter o dinheiro de outra forma? Se teve dinheiro para todas as vacinas e os tratamentos de Sieso, por que não teria para algo assim? Poderia ter ameaçado o proprietário de sair se ele não consertasse o telhado. E ter feito isso até. Nada a liga a La Escapa. Há uma abundância de zonas iguais em torno dessas aldeias: azinheiras, plantações, estradas de terra. Casas baratas não faltam e, além disso, sem goteiras.

Tenta ver o assunto de fora. Se contemplar através dos olhos dos outros, olhando-a e julgando-a. Ninguém engoliria seu raciocínio. Por que engoliriam? Diriam que fez isso porque, no fundo, estava querendo. Que gostou de fazer isso. Que no sexo não há zona intermediária entre o prazer e o nojo: se não havia sentido nojo, então estava claro o que havia sentido. Teria sido mais digno de sua parte experimentar repulsa, que tivesse ficado enojada ou magoada, se sentido usada ou humilhada? Que tivesse sido um encontro mais longo? Ou que ele a tivesse forçado a se mexer, chupar, morder ou se contorcer?

Mas aquilo tinha durado apenas alguns minutos. Não há espaço para tantas perguntas em tão pouco tempo. Talvez, diz a si mesma, devesse encarar as coisas de forma mais simples. O alemão fez uma oferta; no início, ela não achou aquilo adequado, mas depois sim. Não tem por que definir esse acontecimento com nenhuma palavra. Ele foi sincero e limpo. Não houve nenhum rodeio, nenhuma abordagem pegajosa como a de seu vizinho no churrasco. O alemão expôs suas necessidades, fez seu pedido, ofereceu algo em troca, algo de que ela realmente precisa. O encontro foi tão frio quanto deveria ter sido, mas não sórdido ou desonroso. Tenta lembrar o que aconteceu passo a passo, gesto a gesto. O que ele disse, com que palavras, em que exato momento? O que se poderia temer – a repugnância ou o arrependimento – não ocorreu. O alemão tinha demonstrado sensibilidade. Uma delicadeza que – ela tem de reconhecer – não teria imaginado nele, com seu aspecto rude e não exatamente sofisticado. Tentou não machucá-la, apoiando seu peso nas mãos para não esmagá-la, indo devagar. Lembrando-se disso, ela ainda sente o calor entre as pernas, um calor muito mais mental do que físico. Embora tudo tenha sido rápido, a sensação que persiste é a de lentidão. Como explicar isso?

Agora deverá evitar equívocos a todo custo caso ele acredite que haverá mais oportunidades, porque não haverá. Se ocorrer qualquer mal-entendido, ela será firme e cortará pela raiz. A possível atratividade do que aconteceu entre eles – então decide que *atratividade* é uma palavra inadequada e a substitui por *incentivo* –, o possível incentivo, ela pensa, reside na irrepetibilidade da aproximação.

Mesmo que ele propusesse um novo encontro com as mesmas premissas seria muito diferente, pois a pele tem memória, e repetir é se aprofundar, e a última coisa que ela quer agora é se aprofundar.

O alemão aparece de manhã com seu furgão e começa a trabalhar. Nat lhe oferece um café; ele agradece, mas diz que não, já tomou. Enquanto ele está fora de casa, observando quais telhas estão danificadas, ela se senta em seu computador.

– Se você precisar de mim para alguma coisa, estou aqui – diz.

Então pensa na ambiguidade de suas palavras e fica envergonhada. Mas nada mais que possa dizer é inocente. Essa constatação a irrita. Não é uma consequência que teria calibrado de antemão.

Com ele ali do lado de fora, tão perto, é impossível para Nat se concentrar. Leva muito tempo para traduzir qualquer frase, mesmo as mais simples. Na verdade, são as mais simples que exercem a maior resistência. De novo, surge a tentação de desistir. Por que se empenhar em algo que, claramente, está ficando tão ruim? Ela se levanta algumas vezes para se olhar no espelho: com olheiras, pálida, não está em seu melhor dia, pensa. Penteia o cabelo, passa um pouco de maquiagem. Volta à sua mesa. Insiste, dando voltas e voltas em torno do mesmo parágrafo.

O alemão põe a cabeça pela porta, sobressaltando-a. Diz que está indo a Petacas para comprar telhas novas, já sabe a quantidade exata de que precisa. Quando voltar, também terá de trabalhar dentro de casa, espera não atrapalhar, tentará terminar logo. Está bem, Nat diz, e um estremecimento a sacode quando ele sai. Não perturbar, terminar logo: as mesmas expressões que usou no dia anterior, ditas inclusive com o mesmo tom, aquela aglomeração incoerente de sílabas. Será que ele não sabe falar de outra forma?

O conserto leva o dia todo. O alemão impermeabiliza a superfície, tanto por fora como por dentro da casa, e instala as novas telhas que comprou. Também uma calha, explica, para canalizar a torrente quando chover e evitar que a água se acumule no telhado. Nat não tem ideia de quanto custaram as telhas, a calha e a tinta impermeável, além de alguns outros produtos que ele usou e de cuja utilidade ela não tem ideia. Tudo isso, mais as horas de trabalho, a habilidade e o conhecimento necessários, é o preço que ele pôs em seu corpo na tarde anterior. É muito, é pouco? Ele não disse uma palavra sobre isso. Falou apenas o essencial. Só parou para fumar, andando pelo terreno em completo silêncio. Nat pensa: ele quer me deixar em paz, acha que de outra forma poderia me incomodar. Mas o que realmente a incomoda é sua reserva. Que frieza, diz a si mesma. E ao mesmo tempo: o que eu esperava? Calidez? Se acontecesse o contrário, se ele se mostrasse carinhoso ou mesmo insinuante, como para lembrá-la de que teve acesso a sua intimidade e que esse passo não pode mais ser desfeito, seria pior, muito pior.

À medida que as horas avançam, sua raiva aumenta. Não consegue traduzir, não consegue ler, não consegue se distrair com nada, até mesmo a presença de Sieso a incomoda. Quando finalmente o vê pegando suas coisas, considera a possibilidade de lhe oferecer uma cerveja, mas ele chega outra vez à porta para dizer adeus – sem entrar, sem sequer cruzar a soleira – e ela desiste. Deve ter outras coisas melhores para fazer, pensa. Sua horta, por exemplo. Ou qualquer outra tarefa, reparos como o que acabou de fazer para ela, quem sabe. Despede-se com indiferença e só no final agradece, embora realmente, diz a si mesma, tenha cometido um erro de novo: não é ela quem deveria agradecer a ele, mas o contrário.

– Vi o alemão mexendo no seu telhado ontem – diz Píter.

Pronuncia *mexendo* com desprezo sutil, e Nat, sentindo-se pilhada, se desmancha em explicações. Houve um pequeno problema de vazamento e ele o consertou, diz ela. Cobrou pouco e também fez um bom trabalho, limpo e rápido – instantaneamente, depois de dizer isso, ela cora: *limpo e rápido*. Mas é sério que ela teve que pagar por isso?, pergunta Píter, escandalizado. Não, claro que não, o proprietário vai cuidar da despesa. Com uma sobrancelha levantada – um gesto que costuma repetir –, Píter diz que o alemão é um charlatão. Não entende por que ela ligou para ele quando Píter mesmo poderia tê-la ajudado. Alguns vazamentos não são complicados de resolver.

– Acho que ele fez um bom trabalho – insiste Nat. – Levou o dia inteiro no conserto. Gastou muitas horas nisso.

– Não quer dizer nada. Gastar muitas horas não é sinônimo de afinco. Também pode ser um sinal de falta de jeito. Ou de sem-vergonhice: assim justifica as despesas. Quanto ele cobrou?

Nat balbucia.

– Eu não paguei, já te disse.

– Mas você nem sabe quanto vai cobrar?

– Não faço ideia, isso foi combinado com o proprietário.

– Você disse antes que tinha sido barato.

– Bem, é uma dedução. O proprietário é um pão-duro, com certeza não deve ter sido muito.

– Um acordo entre o alemão e o proprietário! – Píter estala a língua. – Eu não sei como você confia.

Nat ri, admite seu erro, mas o que vai fazer?, diz. Não sabe se o alemão é um charlatão, mas um cara estranho ele é, não há dúvida. Por que o chamam de alemão? Seu nome não é Andreas ou algo assim? Sim, Andreas, confirma Píter. Sua mãe era alemã, ou curda, ou curda vivendo na Alemanha, não se lembra. Mas ele nasceu lá, na Alemanha? Não, ele acredita que não, mas não sabe. Chegou a La Escapa faz uns cinco anos, nunca deu explicações sobre seu passado. Ele sempre anda sozinho, trabalha no que vai aparecendo e, sim, Píter repete, é um charlatão. Até onde ele sabe, o alemão trabalhou com construção em Petacas e também como entregador. Faz reparos de encanamento, pequenas obras, coisas assim. Agora se dedica à horta. Coisas sem importância, e com isso vai levando. Mas ele não fala com ninguém, não tem amigos. Para Píter, a desculpa de que é reservado não funciona. Em um lugar tão pequeno quanto La Escapa, tanto isolamento é suspeito. É por isso, e por algumas outras coisas, que ele diz que o alemão não é confiável.

– Por quais outras coisas?

– Coisas, não sei, coisas que ele faz ou eu ouvi dizer que faz.

– Coisas como?

– Ai, Nat, agora não me lembro.

– Mas, se você não se lembra, como solta isso assim, como se fosse algo muito grave?

Píter sorri, mas não é um sorriso que provoque proximidade, e sim exatamente o contrário: a distância de quem sabe mais, ou insinua saber mais.

– O que eu não entendo é seu interesse de repente. O que mais o alemão lhe deu? Você está na defensiva.

Nat também sorri. É uma simples curiosidade, assegura. Afinal, ele passou o dia inteiro na sua casa. E, sim, ela tem de admitir: seu silêncio é um tanto peculiar. Ele não disse uma única palavra além daquelas estritamente necessárias.

O som da chuva a acorda. É um repique caprichoso e desordenado, as gotas caindo na calha que o alemão comprou e instalou, a calha que, como ele prometeu, levará a água ao solo de forma ordenada e impedirá seu acúmulo entre as telhas. Esse som transporta Nat para o dia em que ela esteve na casa dele, quando também chovia na chapa de metal do galpão. Ele passou as mãos nos flancos dela assim que começou a chover – a única carícia que recebeu –, das axilas aos quadris, do tecido de sua camisa à sua pele nua, lenta e suavemente. Ela se sobressalta com a lembrança. Acende a luz e tenta ler, mas é inútil. Um calafrio percorre sua espinha. Sente ansiedade, como um animal no cio. O que está acontecendo com ela?

Ao amanhecer, volta para a tradução. *Ce n'était pas une vision. J'ai touché ses cheveux...* As palavras ressoam na sua cabeça por um longo tempo: ocas, mudas, sem forma, até que começam a fazer sentido, todos os sentidos possíveis. Tocar suas melenas ou acariciar as melenas? *Tocar* soa mal, mas é o que aparece no texto original. Se quisesse dizer acariciar, a autora não teria escrito *caresser*? E melenas? Por que não *cabelos*? Não é mais natural, afinal, acariciar os cabelos, tocar nos cabelos? Como ela diria? Tocar a cintura ou acariciar a cintura? Qual é a diferença entre tocar e acariciar? Traduz: *Não foi uma visão. Toquei suas melenas*. Quando relê, sente a repulsa crescendo dentro de si. Levanta-se e circula pela sala. Sieso a segue com o olhar, mas não é um olhar límpido: parece haver um julgamento por trás de seus olhos.

Algumas horas depois, alguém chama do lado de fora, seu nome pronunciado claramente. O alemão está do outro lado da cerca: paciente, firme, tranquilo, com suas roupas de trabalho e os óculos caídos. Só veio perguntar como tudo está indo. Com a chuva de ontem à noite, repete, como foi? Então era isso, pensa Nat. Só isso? Perguntar pelo trabalho? Responde asperamente.

– Tudo bem, obrigada. Não entrou nem uma gota.

Ele esboça um sorrisinho: a satisfação pelo trabalho bem-feito. Foi a única coisa que o levou até ali, pensa Nat. Nada mais? Realmente nada mais? Não acha que lhe deve um pedido de desculpas, uma explicação, um sinal de gratidão, pelo menos? Nat gostaria de lhe dizer, mas se limita a repetir: perfeito, nem uma gota. Muito bem, ele diz, era exatamente isso que queria ouvir.

– Se houver algum problema, me avise – acrescenta antes de se virar.

Nat fica imóvel. Furiosa. Não quer que ele vá embora, mas ao mesmo tempo precisa que ele vá imediatamente. Odeia seu tom de voz, essa absoluta falta de tato na escolha das palavras. Se houver algum problema, ele disse. E os outros problemas? Fazia muito tempo que ela não se sentia tão mal, tão miserável.

Qual é o sentido de aparecer na sua casa sem aviso prévio? Com que direito ele aparece? Nas aldeias todo mundo faz isso, sim, mas que costume grosseiro! Ela estava tranquila – ou tentando ficar –, não queria ver ninguém, muito menos vê-lo. Mas de repente ele apareceu e ela – com o cabelo sujo, o rosto sem lavar, de pijama – teve de se comportar como se tudo fosse o mais normal, superando seu orgulho, simulando uma convivência de vizinhança das mais amigáveis depois de ter feito a troca básica – sexo em troca de que lhe consertassem o telhado?, que disparate é esse? O acordo, a tolerância, como foi com a chuva de ontem, se houver algum problema, me avise. Ele nem está ciente da minha raiva, pensa Nat. Nem isso. Ele a enfiou em seu quarto há dois dias e agora olhou para ela com total frieza, como olharia para uma cabra ou um cachorro. Pode ser que esteja até arrependido do que fez com ela, vendo-a agora, à luz do dia. Tanto tempo sem uma mulher para chegar até ela, àquela gororoba.

No caminho para a loja, ela se encontra com Joaquín e Roberta. Os velhos avançam com dificuldade pelo acostamento cheio de lama de braços dados. Nat não demora a alcançá-los. Eles não vão a lugar nenhum; em vez disso, estão passeando ou vagam sem rumo. Joaquín lhe diz que é para esticar as pernas. O médico recomendou que eles andem: é bom para a saúde, física e também mental, e dá uma piscadela cúmplice. Roberta dá mostras de reconhecer Nat, sorri carinhosamente e a cumprimenta com educação. Mas Nat percebe que ela não sabe onde situá-la; às vezes a confunde com a garota na loja, depois com uma tal Sofía, que deve ser alguém de sua família. Ela fala corretamente, de modo ordenado, com um vocabulário preciso e estruturas complexas, mas o que diz não faz nenhum sentido, há uma enorme lacuna entre a lógica da linguagem e a da realidade. Joaquín levanta as sobrancelhas expressivamente, como se pedisse desculpas. Então Roberta pergunta sobre o cachorro.

– O cachorro?

– Sim, o cachorro magro. Está melhor?

Nat se alegra de reconduzir a conversa a um terreno seguro.

– Levei-o ele ao veterinário. Já está vacinado e comendo uma boa ração. Até acho que ganhou um pouco de peso. Mas ainda não confia em mim. Pode ser que tenha sido maltratado.

– Com os tijolos.

– Com os tijolos? Não sei com quê, com pedras ou... vai saber com quê.

Roberta crava nela os olhos, muito escuros, limpos.

– Não! O cachorro não! O alemão e os tijolos!

O alemão. Não pode ter se confundido. A velha senhora o nomeou claramente.

– O que aconteceu com os tijolos? – diz Joaquín.

– Tudo!

Fala agora com frustração, querendo se fazer entender. Aponta para Nat com um dedo.

– Ela lhe dá a fruta e ele põe os tijolos.

Nat fica atônita, entreabre a boca sem pronunciar uma palavra. O velho insiste.

– A fruta? A fruta não é da menina. É do alemão. Da sua horta. É ele quem vende. Nós também compramos dele. Você não se lembra?

Roberta ri baixinho, como se tivesse se lembrado de algo muito engraçado. Murmurando para si mesma, com a cabeça baixa, repete: *ela lhe dá a fruta e ele põe os tijolos*. Nat tenta entender. Talvez a velha tenha visto Andreas no telhado, assim como Píter, assim como mais pessoas o viram em La Escapa. Pode ser que ao dizer tijolos esteja se referindo às telhas. Mas o que ela quer dizer com fruta? Os legumes da horta? Ou outra coisa? Balança a cabeça.

Não deveria se importar com o que uma velha louca diz. É ela, sua suscetibilidade, que a leva a entender tudo do ângulo errado.

Ela se apresenta à noite, mas dessa vez não é devido a um impulso. Pensou sobre isso cuidadosamente antes e levou bastante tempo para se preparar: depilar-se, tomar banho, lavar o cabelo, secá-lo, perfumar-se, escolher as roupas que acha que a favorecem. Uma parte dela está ciente da contradição de seus preparativos. Se a única coisa que pretende é falar – acertar as contas, esclarecer a situação ou como quiser chamá-la –, tanto apuro não é necessário. Mas uma coisa não exclui a outra, se diz então, como se estivesse se defendendo diante de um juiz implacável. Sai nervosa, com o peito apertado. Vai de carro porque a noite já caiu completamente e, por enquanto, as petições dos vizinhos para melhorar a iluminação não tiveram resultados. Dirige devagar, tentando não fazer barulho; seu plano é aparecer na porta dele de repente, sem avisar, virar o jogo. No entanto, o silêncio é total – mais denso, mais profundo do que nunca – e tudo que ela faz quando chega – frear o carro, desligar o motor, puxar o freio de mão – adquire uma ressonância contra ela. Pisando cuidadosamente nos seixos, Nat se aproxima da casa e bate na porta, pois não há, ou não encontra, campainha. Ouve o som da tevê diminuindo e os passos do outro lado se aproximando. O alemão abre a porta, olha-a surpreso, pede-lhe para entrar. Ao vê-lo, ao olhá-lo nos olhos – aquela expressão bronca e lenta, como se não entendesse o que está acontecendo –, Nat sente a chicotada da fúria, e também a do ressentimento, e se pergunta se não está cometendo um erro novamente.

Com a voz alterada, pergunta se pode falar com ele por alguns minutos. Claro, claro, ele responde, e baixa de todo o volume da televisão – embora sem desligá-la –, faz um lugar no sofá para ela se sentar – põe de lado almofadas, afugenta a gata malhada –, pergunta se ela quer tomar uma cerveja – ela diz que não – e senta-se à sua frente, em uma poltrona feia e esfarrapada – ela tem tempo de perceber isto: que é feia e está esfarrapada.

Mas eles não vão falar. Não naquele momento, não nas próximas horas, não a noite toda.

Desde aquele dia, a linha de seus pensamentos muda por completo. Já não se dirigem para o mesmo lugar aonde costumavam ir. Agora eles vão livremente para outros lugares sem que ela possa contê-los.

É como se um filme estivesse sendo projetado. Por sua cabeça desfilam as imagens de Andreas e dela, dela e Andreas, na cama. O corpo dele, o seu, cada movimento, as dobras dos lençóis, cada uma das – poucas – palavras ditas. O filme termina cedo demais, é desesperadoramente curto, ela o vê de novo e de novo, se demora nos detalhes, estica cada plano para durar mais tempo, inclui as cenas anteriores – sua chegada à casa – e as cenas subsequentes – a despedida, sua partida –, embora estas últimas lhe deixem um ressaibo amargo e obscuro. Continua sendo muito pouco. Longe de ser suficiente. Nat não entende muito bem por que deseja estender esse filme. É uma necessidade que ainda não se preocupou em entender. Simplesmente a leva consigo, leva-a para todos os lados, não é capaz de se livrar daquelas imagens que foram traçadas nela, dentro dela, e agora são projetadas através de seus olhos, onde quer que ela olhe, em qualquer lugar.

É uma obsessão? Sim, é claramente uma obsessão. Mas não só isso, diz a si mesma. É um rapto, uma metamorfose, uma transformação radical do esperado. O que estava fora, à distância da paisagem, o que era invisível e desinteressante, está agora dentro dela, habitando-a, sacudindo-a.

Tudo mudou de posição. Tudo foi completamente bagunçado.

Para explicá-lo, ela tem de apelar para algo estranho, para uma força externa. A primeira vez, no dia em que fecharam aquele estranho negócio, Andreas inoculou nela seu veneno, foi o que aconteceu. Nat não estava ciente da armadilha, mas, quando se vestiu e saiu, ela o carregou consigo, e o veneno continuou a se espalhar por suas veias, invadindo-a com seus efeitos devastadores. Desde aquele dia, despojada de sua vontade, ela não teve escolha a não ser voltar: o veneno precisa de mais veneno, não há antídoto possível. Ela não escolheu Andreas, não o procurou: ele se impôs. Ela deveria se rebelar, mas é impossível lutar contra essa imposição: está presa. É assim que vê as coisas agora. É sua interpretação, uma interpretação infantil e mágica – ela está ciente de sua inconsistência –, mas tremendamente útil para não exercer resistência.

E por que resistir?, pergunta-se. O que vai ganhar se o fizer? O que vai perder?

Decide voltar mais uma vez. E outra. E outra. O filme ganha metros, vai se alongando. É sempre insuficiente.

Ele sempre a recebe de bom grado. Já não se trata de um acordo frio, de algo que possa ser resolvido em cinco minutos. Agora eles passam horas e horas juntos, adormecem, recomeçam. O propósito das pausas é apenas reunir forças, a menos que chegue a hora de partir, e mesmo assim não há fim, nunca há um fim. Nat nunca tinha conhecido nada parecido, não dessa maneira. Esse homem, Andreas, extrai dela algo completamente novo, algo inesgotável e viciante. Não se supunha que os homens, a partir de certa idade, ficassem mais cansados? Andreas é incansável.

Mesmo assim, ele não é tão voraz quanto Nat, ou não tão voraz quanto ela havia previsto, dadas as circunstâncias. Nele não se manifestam a ansiedade nem a carnalidade atormentada que viu em outros homens – não aquela face oculta, quando a porta do quarto se fecha. Nem o desejo de se impor, de vencer aquela guerra sutil, não declarada, às vezes irmã da impotência. A sexualidade de Andreas é a de um homem simples, ela pensa, a de um homem pacífico. No caminho que percorrem juntos, não há angústia nem medo ou obscenidade, não há timidez nem indignação. Nus, lado a lado, são como dois irmãos. Nat não precisa perseguir o orgasmo nem arranhar desesperadamente nas bordas, pedindo clemência para penetrar em seus domínios. Basta seguir os sinais que seu corpo lhe mostra, instruções exatas e agradáveis, para alcançar o êxito sem possibilidade de erro. De maneira instintiva, seu corpo adquiriu tal sabedoria que pouco importa que ele seja um desconhecido. É um saber secreto, sagrado e inacessível que os une? Se for assim, é um vínculo religioso, semelhante ao que une os membros de uma seita, excluindo o resto: os profanos, os novatos, os ignorantes.

E, no entanto, quando eles terminam, não são capazes de mirar um ao outro nos olhos, e então a vergonha e os pequenos gestos de desconfiança aparecem. Nat o observa às escondidas, fascinada por aquele corpo que foi dela e que agora, de repente, é outra vez estranho. Também seu próprio corpo se volta de outra maneira – ou da maneira oposta –, como se a miragem da agilidade e da beleza se dissolvesse no vazio, e se amedronta. Quando se serve um copo de água na cozinha, de costas para ele, ou se sentam um em frente ao outro sob a luz amarelada da velha lâmpada de teto, seus corpos já deixaram de ser aliados e se tornaram outra vez inimigos.

Basta um toque, uma nova aproximação, para que a roda comece a girar de novo. Comichão e desejo, ânsia e vertigem: esses são, alternados, os dentes da roda.

Nat, a distante, a impassível e abrupta Nat, foi transformada em um ser faminto. Tanto que tem de se conter para não ir vê-lo a qualquer hora e para não ficar para dormir. Ele nunca lhe pediu, e ela está convencida de que é melhor assim: preservar o encanto do ilícito, ver-se interruptamente, com clandestinidade, mas uma parte dela adoraria que Andreas a pressionasse para ficar mais – ou pelo menos insistisse! –, e há sempre um traço de decepção quando ele olha para o caminho por onde ela se afasta sem tentar fazer com que mude de ideia.

Sexo? É apenas uma questão de sexo? Se atende ao que está sob sua carne, àquele tremor insistente e tirânico, tudo aponta para o sim. Mas ela se recusa a reduzir as coisas dessa maneira. Para ela, o sexo sempre foi secundário. Agradável, sim – às vezes –, mas também agradavelmente secundário: poderia relegá-lo sem problemas, poderia ser ignorado e até mesmo riscado completamente de sua vida. Curiosidade e frieza ao mesmo tempo: sempre foi assim. Os homens por quem ela já se interessou eram muito diferentes de Andreas. Gostava de ouvir o que eles contavam – ou passear juntos, ou assistir a um filme, ou embebedar-se e rir –, em geral, muito mais do que de ir para a cama com eles.

E sempre acabava se cansando de todas essas coisas, mas da cama era a primeira coisa. Seu corpo se fechava ao toque, indócil, desobediente. Frígida, uma vez lhe disseram, como uma acusação que afetava toda a sua pessoa, não apenas seu corpo.

Quando era menina, um homem, um vizinho, abusou dela várias vezes. O que Nat sentia depois desses encontros era perplexidade – um pouco de culpa, um pouco de medo, mas acima de tudo perplexidade –, embora, assim que conseguia fugir dele, continuasse com sua vida como se nada tivesse acontecido. O homem a sentava em seus joelhos, esfregava-se contra ela. Não a machucava. Era um bom homem, por quem os pais de Nat tinham muito carinho, um homem velho – ela se lembra dele assim, velho, embora talvez ele não tivesse muito mais do que cinquenta –, solitário, melomaníaco, com olhos pequenos e bondosos, cuja esposa havia morrido de câncer alguns anos antes. Nat não podia falar mal dele para seus pais, não se via no direito de fazê-lo. Embora tenha começado a evitá-lo, ela também, à sua maneira, tinha carinho por ele. Tudo isso condicionou sua sexualidade posterior? Nat não acredita, apesar do que se costuma dizer em casos como o seu, aquilo da marca indelével da infância. E, se foi assim, se esse homem a transformou em um ser desapegado e insensível, agora, inesperadamente, tudo mudou graças a outro homem.

Píter tem ligado para ela com insistência. Primeiro Nat lhe diz que está ocupada, depois que não está bem, sua cabeça dói muito, também seu pescoço e as costas, não é bom passar tantas horas sentada, traduzindo. Suas desculpas são torpes e indelicadas, ela sabe disso, mas explicará tudo mais à frente, pensa, embora os dias passem e ela não encontre oportunidade de fazê-lo. Uma tarde, quando está prestes a sair, Píter aparece na porta de sua casa.

– Até que enfim consegui te ver! – diz.

Ele olha para ela de cima a baixo, sorridente, mas também com o cenho franzido, como se estivesse decifrando um enigma. Tem tempo para uma cerveja?, questiona. Ele está indo a Petacas para fazer algumas compras. Poderia acompanhá-lo e assim eles tomam algo juntos, o que ela acha?

Nat demora a responder. De repente, uma proposta tão simples, tão comum como essa, é dificílima de encarar. Nega com a cabeça antes de falar. Outro dia, ela diz em seguida. Outro dia?, ele ri. Foi procurá-la várias vezes e nunca a encontra. O que tem que fazer de tão importante? Se ela já está arrumada e tudo, basta pegar a bolsa. Nem precisa levar dinheiro: ele está convidando. Ou será que ela estava indo para outro lugar?

– Eu ia esticar as pernas. Só isso.

– Estique-as comigo!

– Não, realmente, outro dia. Eu prefiro ficar sozinha.

Ele levanta as mãos em sinal de paz. Tudo bem, diz, não quer perturbá-la. Nunca teve a intenção de perturbá-la. Achou que a companhia lhe cairia bem, especialmente se ela passou esses dias horríveis tão solitária e cheia de dores como está dizendo. Ou ela tem outra companhia? Talvez não tenha estado tão sozinha.

– Não precisa esconder nada de mim.

A inquietação vai se instalando dentro de Nat. Píter não falou em tom de reprovação; pelo contrário, demonstrou amabilidade e simpatia, com aquele tom brincalhão e provocativo que os amigos costumam se tratar. Mas no fundo jaz a ideia de obrigação moral: Nat não deveria mentir para alguém que se comportou tão bem com ela. É por isso que pede perdão. Admite que lhe deve algumas explicações. Ela lhe assegura que as dará mais tarde, o mais rápido possível. Píter aproxima a mão de seu braço, conciliador. Não se preocupe, diz, estendendo os dedos para acariciá-la. Nat recua inconscientemente, sem permitir que ele a toque.

– Eu tenho que ir, de verdade. Vou te contar tudo – repete. – Prometo.

– De qualquer forma, os detalhes.

– Como?

– De qualquer forma, digo, você vai me contar os detalhes. O fundamental eu já sei.

– De quê?

– De você e do alemão.

Nat fica paralisada enquanto Píter sorri, zombeteiro. O que é o fundamental? Quer dizer as visitas a Andreas – aquelas visitas privadas, repetidas – que já chegaram aos seus ouvidos? Ou também o que está por trás, o trato das telhas?

Sieso observa a cena a poucos metros de distância, em posição hierática, as orelhas levantadas, os olhos apertados. Anúbis, ela pensa difusamente: talvez ela devesse chamá-lo de Anúbis, o chacal dos embalsamadores, um deus de porte estranho, mas um deus, afinal. Píter a tira da distração. A seriedade já voltou ao seu rosto honesto e moderado. Ele acaricia a barba como se refletisse ao falar, para sublinhar a importância do que está dizendo.

– Minha querida, isso aqui é La Escapa. Um punhado de casas no meio do nada. O que você estava esperando? Que ninguém soubesse? Tudo o que eu quero é que você fique bem.

– Estou bem.

– É isso que eu quero. Se você está bem, não tenho nada a dizer. Esqueça o que conversamos da última vez.

– Do que você está falando?

– Da outra vez, quando você me perguntou sobre ele e eu lhe expus minha desconfiança. Você queria me arrancar informações sem que eu soubesse, certo?

Ela se ruboriza, embora Píter se apresse em esclarecer – mais uma vez – que não se incomodou, que entende tudo e que não tem nada que se meter, *desde que ela esteja bem.*

Por que tanta insistência? Existe uma advertência por trás dessas palavras? Quando se despede, Nat o faz com uma leve inquietação, pouco importante porque naquele momento a pressa – o desejo – de partir é maior.

Mas esses gramas de desconfiança começarão a se multiplicar mais tarde, a ganhar peso.

– Você gostou de mim desde o início?

Não, diz Andreas. Ele não hesita em responder. Nem sequer finge duvidar: sua negação é retumbante, implacável. Na verdade, ele acrescenta, ele mal a notava. Ele a via nas estradas ou na loja, mas não ficou curioso. Ele é muito desligado. Isso sempre acontece com ele em relação a todo mundo. Sempre aconteceu com ele. Nat sente a dor perfurando sua garganta. Uma dor áspera, aguda e precisa. Inexplicável. Engole a saliva com dificuldade.

– Então sou eu, como poderia ser qualquer outra.

Estão só no meio da tarde, mas a luz que entra no quarto é turva, como se já estivesse anoitecendo. Mal se pode divisar os rostos. Andreas medita por uns segundos e depois desvia os olhos para o teto.

– Você poderia ser outra e eu também poderia ser outro. É sempre assim.

– Mas se eu não tivesse vindo te procurar depois... da primeira vez, nada disso teria acontecido?

– Possivelmente não.

– Dói muito ouvi-lo dizer isso.

Ele sorri, absorto.

– Não deveria doer. No fim, aconteceu. É você e sou eu. Isso é o que conta.

Nat gostaria de lhe perguntar o que significa para ele. Gostaria de lhe dizer que, se tudo começou por acaso – um acaso tão mínimo, tão trivial, como a existência de goteiras em seu telhado –, não compreende por que continuam a se ver, uma vez que o trato já terminou. Ela sabe que é ridículo, mas, no fundo, gostaria de ser a escolhida, de ter sido seduzida depois de um longo planejamento. Gostaria de ouvir que Andreas a percebeu desde o primeiro dia, foi se apaixonando pouco a pouco, elaborou planos para se aproximar, viu a possibilidade e se lançou sem se importar com os riscos: o conto romântico substituindo o... pornográfico? Mas Andreas não diz nada disso. Só olha para ela seriamente, como se sua dor – a dela – fosse inventada e ele devesse, na melhor das hipóteses, ser compassivo e ignorá-la.

– Por acaso você tinha me notado? – finalmente ele pergunta. – Não é a mesma coisa?

Nat se vira para a parede para disfarçar as lágrimas. Tudo começou naquela mesma cama, pensa, quando ele pediu que se despisse apenas da cintura para baixo, se preferisse. Ele a utilizou porque as prostitutas de Petacas, dissera, eram miseráveis. Como ele sabia? Já tinha recorrido a elas outras vezes? Cansado da miserabilidade das putas, decidiu que era melhor se aproximar dela? Que tipo de pessoa faz isso?

Andreas se aproxima, acaricia suas costas, beija a curva de seu pescoço. Os fatos não são suficientes para ela?, diz. Os fatos em si? Por que precisa interpretar tudo? Aonde pretende chegar? Nat não responde. Deitada de lado, com os braços cruzados em tensão sobre o peito, tenta expulsar o demônio que está se apoderando dela.

No sábado, Nat acorda com as vozes dos vizinhos no jardim. Eles devem ter chegado na tarde anterior e agora estão frenéticos com os preparativos de uma festa. Ela os ouve falando sobre chuletas, carvão e pastilhas para acender o fogo. As crianças brigam por um brinquedo, com seus gritinhos agudos e exasperantes. Nat cobre a cabeça com o travesseiro. Na noite anterior, voltou muito tarde da casa de Andreas, esperando até o último momento que ele lhe pedisse para ficar – esperando para poder dizer que não –, e agora o barulho vai impedi-la de dormir mais. Ela se levanta, mas não decide fazer nada de concreto. Sobre a mesa está a tradução no ponto em que a deixou, uma página com uma reflexão sobre o silêncio, *de notre silence en particulier, une qualité de silence en particulier.* Mas se o silêncio é a ausência de palavras, como pode haver um silêncio *em particular*? Não deveriam ser todos os silêncios iguais, como a cor branca é sempre a mesma? É óbvio, então, que o que distingue os silêncios é tudo aquilo que os rodeia, a começar pelas causas. O silêncio de Andreas quando o sexo termina é o mesmo que o dela? Nat sente que não, é feito de outro tecido.

Ela ouve Sieso latindo, sai para a varanda e vê Píter no portão. A seu lado, sua magnífica cadela abana o rabo, babando de excitação. Os dois também escolheram um tipo de silêncio *em particular*, já que não voltaram a mencionar

Andreas. Ela prometeu dar-lhe mais detalhes, mas, bem pensado, que tipo de detalhes lhe dirá? Não são necessários e podem até ser contraproducentes.

– Vou levar isso para o Chalezinho – diz ele, segurando um engradado de bebidas. – Nos vemos lá.

– Lá? Como assim?

– Na festa de outono... A festa de...

Ele deixa cair o engradado no chão, fica pensativo. É estranho, murmura, esfregando uma têmpora. Não foi convidada? Os vizinhos organizam um churrasco todos os anos para dar as boas-vindas ao outono. Como explica, já é uma tradição em La Escapa. É possível que tenham esquecido de lhe dizer.

– Quer que eu os lembre?

Nat nega veementemente.

– E o que eu tenho a ver com essa festa? Não vou fazer a mínima falta lá.

Mas Píter parece contrariado. Insiste em interceder. É importante que todos se deem bem na comunidade. Quando diz *comunidade*, suas sobrancelhas se levantam um pouco, solenemente.

– Bem, tenho certeza de que não sou a única que não foi convidada. Certamente não convidaram os ciganos. Nem Roberta. Eles também não são obrigados a convidar a todos, não?

– Ora, vamos – protesta Píter –, não é a mesma coisa!

– Claro que é. E, se não fosse, aí é que eu me sentiria pior. Com menos vontade de ir.

Na realidade, Nat se importa muito pouco com seus vizinhos. Ela os desdenha quando os vê agir como se o Chalezinho fosse verdadeiramente bonito e se localizasse em uma bela propriedade, zomba daquela obrigação visível que eles impõem a si mesmos – e também a seus filhos – de se mostrarem felizes o tempo todo. No entanto, uma parte dela – uma parte anfíbia ou réptil – fica intrigada por ser deixada de lado. Por quê? De que maneira os incomodou?

Simula indiferença diante de Píter e também mais tarde, ao contar a Andreas, em uma explosão de loquacidade difícil de controlar. Não se ofende, diz, embora se surpreenda por ser excluída assim. Provavelmente, o que eles rejeitam é seu modo de vida. Não devem gostar que viva lá sozinha, que não tenha um marido para cortar a grama, que tenha passado dos trinta sem filhos – sem planos de tê-los –, que não se preocupe com o esgoto de La Escapa ou com a validade do sistema educativo, de que tanto falaram com os amigos da outra vez. Quase certamente eles já ouviram falar de Andreas, de sua... amizade com ele – hesita procurando o termo certo. Certamente isso também lhes parece repreensível.

– E não pode ser simplesmente que se esqueceram de você? – Andreas interrompe.

Nat se sente acusada de algo, embora não saiba bem do quê. Exagerada? Vitimista? Egocêntrica? Não, eles não se esqueceram, diz ela. É impossível. São vizinhos, estão cerca com cerca. E já a haviam convidado antes. É preciso assumir que não gostam dela, ponto-final.

– Mas você também não gosta deles, não é?

– Não, claro.

– Você os convidaria?

– Eu nem faria um churrasco.

Andreas sorri.

– Então, o que te importa? Você está falando em linguagens diferentes.

Toda La Escapa já conhece sua história com Andreas. Como Píter advertiu, em um lugar tão pequeno, uma *comunidade* tão reduzida, seria ingênuo fingir não estar na boca de todos os vizinhos há dias. Quando vai à loja, percebe como a menina se comporta de forma diferente, mais seca, como se estivesse ofendida. Também sua mãe, que antes saía do quarto dos fundos para cumprimentá-la, evita-a claramente, enfiando-se no fundo da loja, fingindo estar ocupada. No bar do Gordo, ela tem de enfrentar os cochichos e os olhares dos bandos de pedreiros de Petacas, que a avaliam com dissimulação. Nat está desanimada. Por que tudo é tão hostil, tão complicado? Até o proprietário parece saber alguma coisa, ou ela imagina que ele sabe alguma coisa. No dia em que ele aparece para receber o pagamento mensal, batendo à porta ostensivamente, aponta a calha com sarcasmo.

– Quem fez isso sabia bem o que estava fazendo.

Pela cabeça de Nat passa, como uma sombra, a possibilidade não só de o proprietário conhecer sua relação com Andreas, mas também dos termos em que foi estabelecida, toda aquela cadeia de causas e consequências que, postas em palavras, soariam forçadas e até ridículas. Mas o proprietário não acrescenta mais nada. Nada sobre a possibilidade de descontar algum dinheiro pelo conserto. Nenhum agradecimento também. Ele apenas pega seu envelope e pergunta por Sieso. Como a besta vai, diz. A *besta*. É uma palavra que Nat tem encontrado muito ultimamente ao traduzir. *Bête*, embora o significado aqui seja diferente. Desrespeitoso.

– Está muito bem.

– Sim? Vou ter que acreditar. Eu nunca o vejo.

– Porque ele se esconde.

O proprietário cai na gargalhada.

– Se esconde? Agora então ele está se escondendo? E de quem ele está se escondendo? De mim? Que engraçado!

– Eu não disse de quem. Só estou dizendo que ele está se escondendo. É um cão solitário. Só faz o que quer.

Só faz o que quer: uma expressão contundente, orgulhosa, que outorga dignidade ao cão. Seria mais justo, mais apropriado, dizer que Sieso é esquivo, que está cheio de pulgas. Mas isso significaria fazer uma concessão ao proprietário na luta que ocorre entre eles em outro nível, por trás das palavras.

– E é por isso, porque ele só faz o que quer, que você o amarra à noite?

Nat empalidece. Como ele pode saber disso? Também vaga por ali à noite? Não é possível que responda sem que o queixo trema. Como quando, criança, descobriam suas mentiras.

– Eu o amarro porque não quero que ele brigue com outros cães. De madrugada, eles ficam loucos, todos latindo ao mesmo tempo.

– Loucos? Menina, são cachorros! O que você quer que façam? Eles latem, e ponto! A pior coisa que você pode fazer com um cão é amarrá-lo. Um cão tem que fazer sua ronda. Fuçar por aí, procurar cadelas. Se você não o deixa livre, aí sim que ele vai ficar louco.

Fuçar por aí, procurar cadelas. É isso que ele faz quando vagueia por La Escapa à noite? Nat sente um buraco no estômago, suas pernas fraquejam. Gostaria de encontrar a força necessária para expulsar aquele homem de lá no mesmo instante. Mas não consegue. Espera que ele vá embora, mansamente.

Analisa em detalhes o comportamento de Andreas, o tom em que fala com ela, a maneira como se senta ao seu lado ou o espaço que deixa no sofá entre eles. Registra, como alguém que mantém um inventário rigoroso, as vezes que toca sua mão ou olha para ela – mesmo fugazmente –, a atenção que presta quando lhe diz algo, a inflexão de sua voz – rastreia sua amabilidade ou impaciência. Parece-lhe sempre que é insuficiente. Parece, por exemplo, que quando eles estão na cama e adormecem, ele se separa cedo demais ou a abraça por muito pouco tempo, virando-se na mesma hora para mergulhar em um sono profundo que a exclui por completo. Ela o observa dormir e pensa: como é possível que ele consiga fazer isso? Como pode esquecer a presença dela bem ao lado? Nat dorme intermitentemente, apenas alguns minutos por pura exaustão, para acordar logo depois com o coração palpitando e comprovar com angústia que eles não estão se tocando, que cada um está de um lado do colchão, sem sequer se encostarem.

Isso também acontece com a comida. Nat tem um nó na garganta que a impede de engolir, até dá trabalho para mastigar. Em vez disso, ela o vê comer, comer com apetite, deixando de prestar-lhe atenção assim que espeta o garfo ou usa a faca, concentrado nos talheres e no prato. Nat se pergunta o que passa por sua cabeça nesses momentos. Será que se esquece dela, sua fome a deixa de lado? O contraste é brutal: ela não pode se subtrair dele por um segundo.

Às vezes, sente raiva. Sua personalidade foi esvaziada para que ele a ocupasse por completo, e ela, submissa, *o deixou entrar*. Mas ele? O que ele lhe deu em troca? Aparenta ser impermeável a quase tudo, não se deixa tocar por quase nada. Se ela lhe conta algo pessoal, ele a ouve em silêncio, sem comentar, sem pedir detalhes ou interpretar os fatos.

Essa atitude respeitosa, da qual sente tanta falta nos outros, em Andreas é frustrante. É por causa de seu jeito de ser, tão cauteloso e reservado? Talvez ele não queira parecer intrometido? Ou realmente não tem maior interesse? Quanto a ele, fala pouco e, quando o faz, é apenas para se referir a coisas externas, assuntos inconsequentes, distantes dos dois. Esse tom anônimo e asséptico faz com que Nat se sinta estranhamente humilhada, como se perseguisse alguém que não quer nada com ela, trotando ridiculamente enquanto quem vai na frente não está consciente de sua presença.

Outras vezes, no entanto, deixa-se levar pela embriaguez do momento e acha que vai explodir de felicidade. De mãos dadas, ainda atordoados, recuperando-se do prazer, ela sente que um ciclone passou por ela e a transportou para outro mundo. Quando Andreas se levanta, ela afunda o rosto nos lençóis para rastrear seu suor, quase entre lágrimas, murmurando seu nome repetidas vezes. Não há maior união do que esta que existe entre eles dois, diz a si mesma. Talvez ele esteja certo. Talvez seja melhor não penetrar no mistério, não tentar compreendê-lo, para evitar que se corrompa.

O mal-estar da felicidade é uma ideia que agora a ronda com insistência: um tipo de felicidade que contém em si a semente de sua própria destruição.

Um dia, ela pergunta o nome da gata. Li, responde ele. Li? Só Li? Sim, é claro, *ele-i*, gato não tem sobrenome, né?

– E por que Li? – ela insiste. – Tem algum significado?

– Não, nenhum, que significado teria?

– É bonito – ela murmura, mas fala por falar, esquivando-se da sensação de ter cometido um erro, mesmo que não saiba que erro foi.

Com Andreas é complicado ir mais longe. Quando ela lhe pergunta algo, cada uma de suas respostas sempre soa terminante, marcando de antemão a inconveniência de continuar. Talvez a peculiaridade de seu modo de falar não fosse, como Nat pensava, o atropelo das sílabas, mas aquele tom afiado, autossuficiente, que subjaz à pronúncia.

Ela o observa de soslaio, deitado de costas na cama, de olhos fechados, descansando. Quando ele finalmente adormece, Nat se apoia em um cotovelo para observá-lo melhor, com avidez. Em suas feições, procura a marca das gerações anteriores – a turca, a alemã –, aquelas que desconhece porque ele nunca menciona seu passado. Lê suas feições e descobre nelas uma majestade marcante: seu rosto é como deve ser, Nat pensa, e de nenhuma outra maneira possível. Isolados uns dos outros, os traços carecem de beleza, são até vulgares: o nariz em gancho, os lábios embutidos sob o bigode áspero e grisalho, as sombras violáceas que marcam ainda mais as cavidades dos seus olhos. Mas o conjunto a arrebata.

É preciso olhar para ele assim, como está fazendo, para acessar aquele rosto indisponível para o resto das pessoas: rotundo, duro e cheio de segredos. É um rosto inquietante.

É impossível chegar ao que há por trás de suas pálpebras.

Nos últimos tempos, Andreas negligenciou a horta. Até mesmo Nat, que não sabe nada sobre plantações, é capaz de ver isso. É possível que com a chuva não seja necessário regar, mas não dá para contar só com a chuva: boa parte dos vegetais está se estragando justamente por causa do excesso de água. Arbustos encharcados, brotos podres, galhos que se desviam e se retorcem sem orientação, terra revirada pelos gatos que entram para roubar a comida de Li... agora é esse o aspecto da horta. Desde que estão juntos, Andreas só colhe legumes para consumo próprio e não distribui mais nada pela vizinhança, pelo menos não que ela saiba. Quando lhe pergunta, faz um aceno com a mão, um gesto de despreocupação ou talvez de preguiça. A horta é o de menos, diz em seguida. Cedo ou tarde eu teria que desistir.

– Pois seria uma pena. Tudo o que você cultiva é muito bom.

Andreas assente. Sim, é, diz ele. Ou era. Mas chegou a hora de me dedicar a outras coisas.

Outras coisas? No início, Nat pensa que ele está se referindo a ela – ao tempo que passa com ela –, mas sua intuição logo se desvia na direção oposta e se põe em guarda.

Enquanto enrola um cigarro, Andreas explica que um amigo dele – um conhecido, corrige – montou uma empresa de topografia em Petacas no ano anterior. Primeiro ele cuidava de tudo sozinho, mas já reuniu uma modesta carteira de clientes e precisa de mais pessoas. Então vai trabalhar com ele, como agrimensor. Na verdade, vai começar na próxima semana, é questão apenas de alguns dias. Não tem muitas expectativas sobre o assunto, mas, por menor que seja, diz, não há vilarejo cuja prefeitura não se vanglorie de projetos urbanísticos e obras públicas. Basicamente, trata-se de trabalhos desse tipo: um gotejamento contínuo de pequenos encargos. Ele entrecerra os olhos e fica em silêncio enquanto fuma. Claramente terminou de falar.

Nat escutou-o boquiaberta, surpresa ao ouvir termos que nunca teria imaginado em sua boca, expressões como *modesta carteira de clientes* ou *projetos urbanísticos*. Andreas não era apenas um homem do campo? Agora, de repente, ela tem de pressupor uma formação, estudos, cultura, o que seja que não esperava. Tem muitas dúvidas, perguntas que gostaria de fazer e que se amontoam atrás de seus dentes. O que exatamente os agrimensores fazem? Medem o relevo? Desenham mapas? Que tipo de instrumentos utilizam? Fitas, níveis, bússolas, GPS? Com quem trabalham? Com funcionários, com pedreiros, com empresários? Ela acha difícil imaginar Andreas lidando com documentação oficial ou escrevendo relatórios. A mera possibilidade de usar um computador – porque não há nenhum em sua casa e até mesmo seu telefone celular é surpreendentemente rudimentar – lhe parece estranhíssima.

Sua pergunta surge de repente, inesperadamente violenta.

– Mas você estudou para isso?

Andreas levanta o olhar, contempla-a seriamente. Uma ruga aparece entre suas sobrancelhas quando responde. Claro que sim, diz. Estudou Geografia em Cárdenas, há mais anos do que ela imagina. Está surpresa? Como acha que um agrimensor deve ser? Será que ela realmente achava que ele só era bom para plantar alface? Ele ri, mas seu riso vem de longe, de um lugar de onde ela já foi expulsa. Nat pede desculpas, sai pela porta, agacha-se e escava a terra, hesitante. Píter não tinha lhe contado nada disso. Ele simplesmente disse que Andreas era um charlatão, menosprezando-o. Ele não sabia ou fingia não saber? Um pensamento – um pensamento malicioso, impróprio dela – a assalta: ele está escapando de mim, tudo isso é mentira, não é nada mais do que uma desculpa para se afastar de mim. Será que realmente vai acontecer que eu venha procurá-lo em casa e ele não esteja? Que ele passe as horas fora, supostamente trabalhando, enquanto ela dá voltas e voltas, ardendo de desejo, esperando por ele? Em silêncio, ela rebusca a terra, pega uma minhoca entre os dedos, vermelha, brilhante e úmida. Está tão desnorteada que nem sequer sente nojo. Deixa a minhoca subir em sua mão.

Por causa desse trabalho, eles se veem muito menos do que antes. Andreas passa fora apenas a parte da manhã, mas às vezes – cada vez mais frequentemente – também durante toda a tarde. Nat continua indo vê-lo no final do dia, quando escurece. Eles vão para a cama juntos, jantam, depois ela vai para casa dormir, cumprindo escrupulosamente o que já foi estabelecido como norma. Ele mal diz o que faz em Petacas, naquele novo emprego que agora tem, mas ela também não lhe pergunta, porque não quer ser indiscreta nem evidenciar sua ignorância, e uma rara cautela – rara porque incompreensível – a leva a preferir o silêncio. Eles falam, sim, sobre outras coisas, geralmente na cama ou enquanto preparam o jantar, mas é uma conversa que só avança na ponta dos pés, através de desvios. Com o passar dos dias, eles adquirem o hábito de jantar primeiro e ir para a cama depois; a mudança é registrada por Nat com decepção e uma dor leve, mas aguda, porque é indicativa da perda da urgência, aquele desejo tão premente, tão feroz, que os dois tinham no início e que não admitia adiamentos. Agora, pensa Nat, a fome por comida é maior do que a de seus corpos.

A distância de Andreas pesa tanto sobre ela que Nat acha que não será capaz de suportá-la. Completamente incapaz de traduzir, as horas mortas se convertem em pasto para suspeitas. A fim de evitá-las, ela se oferece para dar uma mão ao velho Joaquín no cuidado de sua esposa e da casa. Logo chegam a um acordo: Nat vai ajudar umas duas vezes por semana e, além disso, fará as compras diariamente. Nos dias de trabalho, ajudará Joaquín a dar banho em Roberta, limpar o chão, lavar a louça e a roupa, e cozinhará para eles. Não podem lhe pagar muito, mas já é alguma coisa.

Também vai à casa de Píter para se distrair. A cordialidade do início é retomada, embora agora, para evitar certos temas, eles se refugiem na trivialidade e se entretenham assistindo a filmes ou fazendo trocadilhos, um tipo de humor com o qual Nat realmente se diverte, como criança. Ao contrário do que ela pensava, Píter não a repreende por ter trocado seu trabalho intelectual – a tradução que tanto elogiava – por uma tarefa muito mais utilitária e sem brilho, como atender a um casal de velhos. Pelo contrário, aprova a decisão dela porque sustenta sua ideia de comunidade. Nat não sabe se sua opinião é sincera ou se só procura agradá-la, mas está ciente de que seus amigos de Cárdenas, ou sua família, não suportariam vê-la assim, como uma faxineira ou como uma *mucama*, como sua mãe costumava dizer com desprezo. É para isso que servem seus estudos?, diriam eles. Esperando por um homem que mal conhece como uma cadela no cio, dando banho em uma velha meio louca, dormindo sozinha, com a única companhia de um cachorro que ela ainda tem de prender à noite. Que tipo de vida escolheu? Era esse o fim de toda a sua suposta rebeldia?

Um dia, Nat se deixa levar e cai ligeiramente no tom confessional, como se estivesse sondando. Diz a Andreas a mesma coisa que contou a Píter na primeira noite em que jantou na casa dele. A história do trabalho que abandonou. O roubo sem motivo. Sua rejeição à compaixão e ao perdão, seu orgulho improdutivo. Talvez seja, paradoxalmente, o silêncio de Andreas que a encoraje a continuar, usando palavras cada vez mais imprecisas e distantes, palavras como *culpa*, *ausência*, *confusão* ou *vertigem*. Andreas não responde e ela continua falando, perdendo-se na abstração, deitada de costas, olhando para o teto, para a lâmpada sem lustre que conhece em detalhes, aquela lâmpada empoeirada de cabo preto.

É só quando termina de falar que o peso do silêncio se torna evidente – o ar viciado, o ronronar de Li a seus pés – e Nat toma consciência da respiração lenta de Andreas, imóvel ao seu lado. De repente, tudo – o quarto, a gata, seu próprio corpo – lhe parece irreal, como um brinquedo, minúsculo e sem importância. Chega a pensar que ele adormeceu, mas não, Andreas está com os olhos arregalados e a expressão vazia e indecifrável.

– O que você acha de tudo isso? – pergunta.

– De quê?

– Do que eu te contei. Você está muito quieto. O que você acha?

Andreas senta-se, olha-a com dureza, com uma nova opacidade nos olhos – olhos de vidro, ou olhos mortos. Seu tom é seco, inesperadamente severo.

– Você pergunta por perguntar ou realmente quer saber?

Por um momento, Nat pensa que ele está brincando, mas logo, quando vê que seus olhos permanecem imóveis e que o ricto do queixo não se afrouxa, ela compreende que não, de forma alguma.

– Você já parou para pensar na vida dos outros? Nas preocupações reais que as pessoas têm?

– Eu não te entendo. O que tem a ver…

– Tem a ver. Claro que tem a ver.

Como uma criança que é ordenada a repetir o que acabam de lhe explicar, Andreas repete a história que Nat lhe contou, embora com sua voz, com suas palavras, tudo soe insubstancial, de uma insignificância que beira o grotesco: Nat tinha um bom emprego, roubou algo sem saber por quê – algo de que, claro, não precisava –, apesar de seu erro eles a perdoaram, e mesmo assim ela decidiu deixar seu emprego e vir para La Escapa, onde, afinal, encontrou outro emprego, porque agora vai à casa dos idosos e eles a pagam, não é?

– Sim. Mais ou menos – diz Nat friamente.

– E você acha que tem o direito de reclamar?

– Reclamar? Não é isso... Você não me entendeu.

– Você não sabe que existem pessoas que roubam por necessidade? Que perdem o emprego diariamente sem a menor justificativa? Que são demitidas por um mero descuido? Você é perdoada e ainda reclama?

– Não estou reclamando! Eu estava falando de outra coisa!

– Do que você estava falando, então?

Mas ela não sabe responder. O homem que está deitado ao lado dela, o homem nu com quem ela acabou de explodir de prazer, é agora um estranho que está armado. Ele, aquele Andreas que nunca fica chateado, fala então de sua mãe, como se a raiva tivesse sido necessária para expor sua intimidade. Ele diz que era curda, do norte do Iraque. Sendo muito jovem, foi forçada a fugir de uma guerra – uma das muitas – e teve de ir para o exílio na Turquia a pé, andando por dias e noites com um bebê – ele – nos braços. Passou fome e penúrias na Alemanha – uma miséria de cujos detalhes ele vai poupá-la –, e, no entanto, ele diz, sua mãe nunca roubou nada. Era uma boa mulher, generosa e destemida. De seus lábios, jamais saiu uma queixa.

– Sinto muito – Nat sussurra.

– Pelo que você sente? Pelo sofrimento da minha mãe ou por ter reclamado por nada?

– Sinto muito pela sua mãe. Mas parece que você me culpou. Minha história não tem nada a ver com a sua.

– Ninguém está falando de culpa. É só uma questão de gratidão. Quando você pega alguma coisa, já está pensando em pegar outra.

– O que você quer dizer?

– Falo em geral. Você é assim.

– Você não me conhece o suficiente! Como pode dizer isso?

– Você me perguntou o que eu pensava. Queria saber, você me disse. Bem, é o que eu acho. Não tome isso como um ataque. Afinal, é apenas um pensamento.

Nat está prestes a explodir em lágrimas. Uma chorona, uma ingrata? É essa a imagem que Andreas tem dela? Ela é assim e não tinha notado? Lamenta profundamente ter falado porque só por isso, por falar, deu um passo para trás, subtraindo pontos. Agora, Andreas viu uma parte dela que o repugna. Por causa disso, ela vai perdê-lo.

No colchão, entre eles, percebe que se abre um abismo.

Os dois sobem o El Glauco no furgão de Andreas. Foi ele quem propôs a caminhada – é domingo, seu dia de folga –, uma proposta que Nat interpreta como o reconhecimento de que, entre eles, há algo que se estende para além das paredes do quarto. Para Nat, é estranho sair com ele ao ar livre. De repente, caminhar ao lado de Andreas parece uma experiência mais íntima do que se deitar em sua cama ou se despir diante dele. Senti-lo junto a ela, dirigindo, também lhe produz uma profunda perturbação. Ela se arrepia de desejo quando o vê mudar de marcha – seu punho aferrado à alavanca, os dedos que a tocam agora distraídos com outro toque. De soslaio, admira seu perfil, os óculos caídos, o desenho do nariz, rude e orgulhoso. Nat se deixa levar por uma alegria feroz e gananciosa, embora instantaneamente tente refreá-la, porque já é capaz de reconhecer esse tipo de alegria que desemboca na angústia. Como quando as pernas param de responder depois de ter corrido muito, pensa.

A estrada que eles tomam é de terra, muito estreita, e termina em um mirante. Deixam o furgão estacionado e sobem o último trecho por uma encosta íngreme e escorregadia, ladeada por um matagal espinhoso que se engancha às suas roupas a cada passo. Nat arranha as panturrilhas, sente pequenos insetos esvoaçando sobre sua cabeça, um zumbido contínuo e enlouquecedor, falta de ar e cansaço. Andreas não segura a mão dela em nenhum momento. Avança alguns metros à frente, decidido, sem se voltar para olhá-la. A alegria de Nat já evaporou completamente e agora ela se pergunta o que foram buscar ali. Em outro tempo, eles não teriam querido sair da cama, eles não estariam desperdiçando as horas dessa maneira. Agora precisam de excursões?

Mas o esforço vale a pena. Lá de cima, Nat contempla uma vista que não tinha imaginado dos campos que rodeiam La Escapa, cravejados de casinhas brancas e acastanhadas, fazendas, granjas, um riacho descontínuo que brilha em alguns pontos. A beleza da distância, pensa, e deixa-se inebriar pelo cheiro da montanha, dos espinheiros e sabugueiros, do alecrim. Os dois se beijam e ele acaricia sua bochecha.

– Você é linda – diz ele.

Nat olha para ele, subitamente agradecida. Mas os olhos de Andreas estão de novo ausentes, distantes atrás das lentes dos óculos, e o zumbido continua ao redor, como se saísse do centro de seu cérebro. Vários falcões os sobrevoam; Andreas se concentra em olhar para eles. Estão caçando, diz ele, são capazes de ficar assim, suspensos no ar, minutos e minutos até avistarem uma presa, mas diz isso como se fosse para si mesmo, entre dentes. Eles se aproximam da beira de uma encosta muito íngreme e ela pensa: estamos sozinhos, ele poderia me empurrar e me fazer cair, me deixar aqui no meio, gravemente ferida, sem a possibilidade de voltar, sem que ninguém saiba que estou aqui, sem que ninguém dê por minha falta. O pensamento a assalta abruptamente, como se não viesse dela. Talvez por isso, por atacar de fora, pareça tão plausível e próximo.

Andreas oferece-lhe água de um cantil.

– Está fresca – diz ele. – Vai te fazer bem.

Ele notou seu medo? Novamente agradecida, Nat bebe e, ao fazê-lo, sente que se limpa, que a água arrasta o veneno da desconfiança por sua garganta. Está quase prestes a lhe pedir perdão, mas para quê? Ele nunca entenderia.

O proprietário aparece quando Nat o esqueceu quase por completo. Ele olha para ela como de costume, cravando a vista em seu corpo – em seus seios –, fazendo alarde de seu poder e de sua grosseria. Nat não tem dinheiro vivo. Normalmente o retira em um caixa eletrônico da Petacas, mas dessa vez foi pega desprevenida. Ela se desculpa. Diz que está trabalhando muito. Que não o esperava tão cedo. Que o tempo está passando muito rápido. O homem olha para ela de lado, aperta os lábios até fazê-los desaparecer.

– Bem, seu amigo vai a Petacas todos os dias. Ele poderia muito bem ter tirado o dinheiro para você.

Seu amigo: aquela alusão lateral, envenenada, diante da qual Nat é incapaz de reagir.

Nada disso aconteceria se ele permitisse que ela pagasse com uma transferência, como todo mundo faz. Ou se pelo menos ele avisasse antes de aparecer, não assim, de repente, com as contas na mão, como se ela não tivesse mais nada a fazer a não ser esperar por ele com o dinheiro exato dentro de um envelope. Mas estes são argumentos que lembrará mais tarde. Agora é a expressão dele que prevalece. Seus lábios se afinando na careta. O brilho do olhar. Os braços cruzados sobre o peito, arrogante.

Nat pede desculpas de novo e lhe diz que espere um momento. Ela se afasta e telefona para Píter, pedindo o dinheiro de que precisa. Embora fale em voz baixa, o proprietário ouve a conversa.

– Eles comem na sua mão – murmura.

Píter se põe à sua disposição. Se ela quiser, ele mesmo leva o dinheiro até lá imediatamente. Nat hesita por um momento. Não quer que ele testemunhe como o proprietário se dirige a ela, como impõe suas condições humilhantes.

– Não, não se incomode. Eu vou aí buscar – diz, e desliga.

Então, tentando impor segurança na voz, ela pede ao proprietário para voltar daqui a algum tempo. Serão quinze, vinte minutos no máximo.

– Não vai demorar muito.

– É melhor eu ficar aqui, assim eu descanso.

Nat tenta articular palavras sem sucesso. Sua cabeça começa a girar. O proprietário dá risada.

– Que foi, não confia em mim?

Ele se senta no sofá e olha em volta com um sorrisinho no rosto, observando tudo com o objetivo de deixar claro que está observando. Nat não protesta, sai correndo.

– Não demoro muito – repete.

Quando volta, ainda está tremendo. O proprietário conta o dinheiro com deleite, enfia as notas no bolso da camisa, dobrando-as lentamente. Nat sente que a casa está impregnada de seu cheiro, um cheiro pungente e desagradável que flutua persistente no ar. Quando ele vai embora, confere para ver se ele não tocou em nada. Tudo parece estar em ordem, exceto, talvez, algumas revistas que ele deve ter folheado. A colcha em sua cama está enrugada, mas talvez já estivesse assim antes, ela não se lembra. Joga as revistas no lixo, enfia a colcha na máquina de lavar e passa o resto da manhã limpando, com as janelas abertas, para ventilar.

Apesar da pouca atenção que lhe presta agora, Sieso mudou muito. Nat parou de amarrá-lo à noite, e ele retribui essa confiança com lealdade, dormindo ao lado dela, junto à cama. Talvez eu devesse mudar o nome dele, pensa. Por mais irônica e até mesmo carinhosa que fosse sua intenção ao nomeá-lo, o significado de *sieso* é *antipático, insípido, mau*. E o veterinário já a avisou: os animais não entendem a ironia.

Por outro lado, ela pensa, não vale a pena. Quase ninguém conhece esse significado. O termo *sieso* só é usado em certas zonas e ambientes, muito mais restrito do que Nat acreditava no início. Pensava que era um adjetivo conhecido porque ela o conhecia, frequente porque ela o usava com frequência. Nunca soube de suas limitações até verificar que o próprio Píter ignorava seu sentido e confirmou, mais tarde, que nem mesmo o dicionário inclui sua acepção coloquial, apenas um significado científico e muito mais desagradável do que o previsto: "Do latim *sessus*, 'assento' 1. m. Trecho do ânus com a porção inferior do intestino reto".

Mesmo que ninguém saiba, o que importa?
É apenas o nome de um cachorro.

Li dá voltas e voltas pela casa, inquieta, com um miado diferente, grave e lastimoso. Nat a observa, nota que ela ganhou muito peso nos últimos dias. Será que está prenhe?, pensa, e depois pergunta a Andreas. Ele ri entre dentes.

– Não seria a primeira vez. Quando minha ex-mulher a deixou para mim, me jurou que ela era castrada. Mas você vê, lá está ela, gorda de novo.

Nat fica petrificada. Sua ex-mulher? Ela ouviu bem? O vento atinge as persianas, pressagiando tempestade. As primeiras gotas já repicam no telhado do galpão, e uma escuridão repentina os envolve. Ela não deveria deixar que esse som e essa luz – essas memórias – se estropiem. Que o que significava uma coisa agora signifique justo o contrário.

Andreas está consertando os cabos da televisão. A obsoleta televisão, a que agora assistem de vez em quando, enquanto jantam, e na qual sempre dançam listras, deformando a imagem. Talvez porque ele não esteja olhando para o rosto dela, por estar concentrado em outra coisa, de costas para ela, Nat se atreve a continuar perguntando.

– Mas a Li não é sua?

Ele responde com desinteresse.

– Cara, hoje me parece que ninguém mais vai vir procurá-la.

– Eu não sabia que você tinha sido casado.

– Claro, como você ia saber? – Ele se vira para pegar uma chave de fenda. – Isso foi anos atrás. Antes de eu vir morar aqui.

– E... o que aconteceu?

– O que aconteceu? O de sempre. Que não nos entendíamos. Ela era muito jovem, tínhamos uma diferença de muitos anos, mais de vinte, acho, e ela queria coisas que eu não podia lhe dar.

– Coisas como?

– Coisas, sei lá. Falo no geral. Coisas como viagens, filhos. Coisas com as quais eu não me importo. Então ela se cansou e foi embora.

Nat se senta no sofá e acaricia Li enquanto o observa desmontar a tevê. Li. Se a gata não era dele, se era de sua ex-mulher, não há dúvida de que foi ela quem escolheu seu nome. Agora entende por que Andreas lhe disse que não significava nada quando, na verdade, significava tudo. Por que não lhe disse a verdade naquele momento? A pontada de ciúme, tão repentina e inesperada, a envergonha: sempre pensou que estava a salvo de um sentimento tão mesquinho. E, no entanto, agora quem está manejando as cordas de seu sofrimento? Quem decidiu que algo assim – o passado de um homem que ela mal conhece – deveria machucá-la tanto, acima de suas próprias convicções e ideias?

De forma confusa, ela se sente enganada. O que a levou a aceitar o negócio das telhas foi uma visão de Andreas que agora está se apagando. Foi atraída pela imagem que havia construído dele (ou talvez a que ele mesmo queria dar): um homem do campo, sem possibilidade de mudança, que há muito tempo – ele mesmo disse isso! – estava sem uma mulher. Um homem que havia perdido a capacidade de seduzir – se é que alguma vez a teve –, que foi forçado a propor uma troca de bens como se vivesse em uma aldeia primitiva, ignorando as regras elementares de cortesia. Um homem que talvez nunca saísse de lá ou, se o fizesse, era apenas para carregar caixas de legumes que ele mesmo cultivava. Um homem rude, sem cultura, que vivia no campo desde a infância, adaptando-se instintivamente a qualquer território como um cachorro abandonado. Um homem que só, unicamente, com humildade e falta de jeito, lhe pediu *para deixá-lo entrar*, como quem mendiga diante de uma porta. Sua inexperiência o engrandecia, tornava-o poderoso. A carência dele era, para Nat, sua riqueza.

Esse homem, no entanto, tinha feito faculdade. Morou na cidade por muitos anos. Foi casado. Casado com uma garota muito jovem, presumivelmente atraente. Divorciou-se. Seguiu os ritos normais da vida, os habituais. Por que, então, sua maneira de se relacionar com ela não é normal?

O primeiro trovão ressoa e ela observa seu pescoço umedecido, a maneira como manipula os cabos da televisão. Engole em seco. Não diz mais nada. O que vai dizer? Ele não parece muito disposto a explicar.

Nat se concentra em dominar as ideias que crescem dentro de si, em cortar suas extremidades da melhor maneira possível. Desde que conheceu Andreas, tudo saiu do roteiro. Desmontando todos os seus preconceitos, um a um, Andreas cava em seu desamparo, retirando pás e mais pás de confiança. Ela se torna cada vez menor, e ele mais forte. Ela mais dependente, e ele mais livre.

Não será capaz de suportar nenhuma outra surpresa. É por isso que tem medo de falar.

Esse dia será o primeiro que Nat não vai conseguir esquecer valendo-se do desejo. A primeira vez que terá de dominar seus pensamentos quando ambos se despirem, que se esforçará para não decair, que seu corpo tardará em responder, que fingirá o prazer, que o sexo se converterá em algo triste, amargo e embaraçoso.

Píter abre uma garrafa de vinho, serve-lhe um pouco, mas Nat demora a pegar a taça, distraída, como se não entendesse o que a taça contém nem o sentido de segurá-la na mão.

Píter brinca, pretende levá-la ao seu terreno. Ela o segue sem forças. O que costumava ser muito engraçado – aquelas piadinhas bobas com as quais se distraía – agora lhe parece insosso ou francamente estúpido. Por que está lá, naquela casa? Só para matar tempo antes de ir para a de Andreas? Píter olha para ela, inspecionando-a, e pergunta: Está tudo bem? Sim, tudo bem, diz Nat, tudo bem, repete, mas a tensão do sorriso desmente suas palavras.

Confessar seu desconforto, pensa, seria como dar razão a um vaticínio que na verdade ele não formulou. Ou que ele formulou sub-repticiamente, o que complica ainda mais a possibilidade de rebatê-lo.

Se pegar os fatos em si mesmos, sem interpretações paralelas, não há nada de objetivo para reclamar. O que ela vai contar? Que Andreas foi casado no passado? Que trabalha agora em Petacas? Que um dia – apenas um dia – a acusou de ser ingrata quando ela lhe pediu sua opinião?

Expor em voz alta sua dor – sua dor ridícula – a tornará ainda mais vulnerável. E, no entanto, não falar, calar a respeito de tudo, não faz com que a dor desapareça.

Eles estão sentados na varanda, protegidos pela tela de vidro. O contorno de El Glauco se esfuma ao anoitecer, logo a escuridão o engolirá completamente. Nat olha para a montanha que Andreas e ela escalaram não muito tempo atrás, procurando não perdê-la. Píter coloca na mesa salmão defumado, uma tábua de queijos e frios, salada picante servida em tigelas coloridas. Ele é sempre tão prestativo, tão delicado! Andreas nunca preparou um jantar assim para ela. Nunca iria prepará-lo para ninguém, nem para si mesmo.

Nat perde o controle, fala nervosamente.

– Você sabia que o Andreas já foi casado?

– Eu? Como eu ia saber?! Esse homem é meio alienado, nunca conta nada a ninguém. Como você soube? Ele te disse?

– Mencionou isso outro dia, assim por acaso.

– Duvido muito que ele faça ou diga alguma coisa por acaso. Ele deve ter dito por algum motivo, procurando algo.

Nat permanece em silêncio. Melhor parar a conversa, pensa, antes que Píter dê indiretas. Embora, agora que mordeu a isca, ele não vá mais soltá-la tão facilmente.

– O que ele te contou?

– Pouca coisa. Que era uma menina mais nova que ele. Vinte anos mais nova, por aí.

– Vinte anos! – Píter assobia, solta uma risada. – Olha lá o alemão!

Nat sofre imensamente com aquele assobio. Para disfarçar, se concentra na taça, toma tudo de uma vez. Não deveria ter falado, mas não há como voltar atrás. A única maneira de interromper a conversa é inventar uma desculpa, levantar-se e sair.

– Que foi, Nat? Você ficou com raiva?

Ela nega várias vezes, pega a mão dele para provar isso, garante que não há nenhum problema. Mas e o jantar? Vai embora sem provar nada? Diga o que diga, não é normal que vá embora assim, de repente.

Nat sabe disso. Sabe que seu comportamento é errático e rude, incompreensível para quem vê de fora, ou talvez o contrário, muito transparente. Mas não pode parar.

Está convencida de ter começado uma descida. Tudo o que resta é ir descendo.

Acorda à meia-noite, de repente, e não consegue mais dormir. Lembra-se das palavras de Andreas, que agora, em silêncio, se tornam cada vez mais nítidas. *Uma diferença de muitos anos. Coisas que ela queria e ele não podia lhe dar. Coisas como viagens, filhos. Coisas com as quais ele não se importa.*

Na frente de Andreas, Nat tinha chegado a se acreditar poderosa. Era agradável pensar que ele – doze anos mais velho – fora seduzido por sua juventude. Isso a elevava, aumentava seu valor de mercado. Mas houve, mais uma vez, um erro de cálculo.

Sempre assumiu como um fato irrefutável que os homens, não importa quantos anos tenham, são atraídos por mulheres jovens, mas nunca até o momento ela interpretara isso como uma ameaça, uma vez que, não importa quão jovem se seja, sempre haverá outra mais jovem. Nunca tinha pensado em termos de competição. Agora sim.

Pense na garota da loja.

Às vezes, Andreas a leva em seu furgão para Petacas, onde, supostamente, ela aproveita a oportunidade para fazer pedidos ou pegar mercadorias pendentes. A menina da loja é muito jovem, quase uma adolescente, mas, pelo visto, sua idade não constitui um impedimento, e sim exatamente o contrário: um incentivo. Nat se lembra do calor que Andreas irradia enquanto dirige. O desejo que é capaz de despertar com uma simples troca de marchas – o antebraço tenso e o punho forte, agarrado à alavanca –, seu olhar saltando do espelho retrovisor para a frente, aquele olhar duro que ela nunca consegue penetrar. A intimidade do furgão, o ar denso e a fumaça dos cigarros, compartilhados. A garota da loja não é bonita, mas emana um atrevimento sedutor e, acima de tudo, morre de vontade de fugir, fica entediada, está ansiosa para experimentar coisas novas. É possível que, também, quando chegar a hora, ele peça para *ficar dentro dela por um momento*? É possível, até, que já tenha pedido isso, mesmo antes de Nat? Se tudo o que Andreas precisava era de um pouco de calor feminino, ela também não servia? Melhor ela, de fato? Ele se controlou porque ela era menor de idade? E se não fosse menor? Teria pedido por isso?

Nat não entende por que Andreas se oferece para levá-la a Petacas. Ele, tão distante com todo mundo, abre uma exceção para a menina, como se fosse sua responsabilidade abastecer a maldita loja. Nat tira conclusões e sente frio, um frio intenso que irradia de seu próprio interior, de um ponto que está localizado entre o esterno e a coluna.

Por que Andreas está com ela? Porque não conseguiu nada melhor? Porque era quem estava mais à mão?

Uma vez que uma certeza cai, por que não deveriam cair todas?

Seu olhar se tornou suspeito e não é mais possível domesticá-lo. Estou enlouquecendo, ela sussurra e olha em volta, com os olhos ardentes, na escuridão de seu quarto, um espaço privado que não a protege, mas, pelo contrário, se voltou contra ela para atacá-la traiçoeiramente.

Ela se lembra daquele sonho recorrente, o do homem que entrava na casa enquanto ela estava amarrada à cama, incapaz de se defender, o homem cujo rosto ela nunca conseguia ver. Talvez ele não representasse, como Nat acreditava então, o proprietário. Talvez fosse um presságio do que estava por vir.

Seu relacionamento com Andreas foi envenenado desde o início. Foi a maneira de começar, aquela que justamente a cativou, que virou do avesso, mostrando suas costuras repugnantes.

Não que Nat fosse inocente e pura antes, mas pelo menos havia partes dela – partes maliciosas, desconfiadas – que estavam adormecidas. Agora elas despertaram. O dano cresce, ramifica-se dentro dela.

Limpando o quartinho de despejo dos velhos, Nat encontra várias caixas com livros: manuais escolares e clássicos literários na maioria, mas também romances baratos que deviam estar na moda décadas atrás e dos quais hoje ninguém mais se lembra. Joaquín explica que Roberta foi professora durante quarenta anos, muitos dos quais, na escola de Petacas. Os livros são dela, diz, ou melhor, eram. Ela não consegue ler nem uma palavra há muito tempo, então ele decidira removê-los das prateleiras e colocá-los em caixas, fora de sua vista, para não atormentá-la.

Nat observa Roberta, tão frágil e encerrada em seu mundo, tão hermética, e acha difícil imaginar que ela poderia ter tido outra vida. Roberta trabalhando com crianças, explicando uma lição na lousa, sujeito e predicado, adição e subtração? Folheia seus livros, com anotações, sublinhados e marcadores feitos com papelão e flores prensadas – feitos por ela, por seus alunos? –, e seu coração se apequena.

O que Roberta pensa, para onde ela olha? Sempre parece concentrada em algo que estava acontecendo em outra dimensão, com os olhos entrecerrados e os lábios, silenciosamente, formando frases. Com quem está falando?

Às vezes, o feitiço se rompe e ela sai de si mesma. Então descobre que não está sozinha e se esforça para ser gentil com as pessoas ao seu redor. Pode ser que, mesmo em seus melhores momentos, ela diga incoerências ou fique frustrada se não a entendem, mas é uma mulher educada e nunca faz escândalo.

Um dia, recebe uma ligação com uma notícia funesta. Um parente, talvez um sobrinho, está morrendo. Isso é o que Nat deduz quando a escuta falar, com o olhar baixo, enrolando o fio do telefone entre os dedos. Então passa várias horas pensativa, desligando e pegando o telefone sem que ninguém ligue. Quando Nat pergunta a Joaquín, ele balança a cabeça, diz que ela inventou tudo. Não há nenhum sobrinho doente, nenhuma agonia. Isso acontece com frequência, diz ele. Fica presa a coisas antigas que aconteceram. Na resignação do velho, Nat também vislumbra um traço de desespero. O que acontecerá quando ele não estiver lá para cuidar dela?

Joaquín está ficando cego. Confessa-lhe isso um dia, chorando, com a cabeça entre as mãos, sentado à mesa da cozinha. Nat fica impressionada ao ver um homem chorando, um homem daquela idade.

Joaquín e Roberta formam uma fenda na comunidade, pois são, de certa forma, tão anômalos e defeituosos quanto ela. É difícil de ver, é difícil olhar além, não é agradável fazê-lo. Mas, uma vez dado o passo, não se pode mais fingir inocência.

É um meio-dia nublado; o ar, imóvel, está carregado de uma eletricidade estática. Os abutres voam baixo, planando sobre Nat, que avança em direção à casa de Andreas, uma direção não costumeira naquele momento, pois sabe que ele não está. Por que tomou esse caminho e não outro é algo que ela não sabe – algo que, no entanto, não se detém para pensar –, nem por que foi dar um passeio quando é óbvio que vai chover de uma hora para outra. Uma intuição talvez, um palpite? É o que dirá a si mesma mais tarde, ao repassar os acontecimentos. Agora ela só caminha, com a cabeça ausente, o olhar também ausente, até que ao longe se delineia a casa e então, na porta, o furgão de Andreas estacionado. Nat se detém. Demora um pouco para entender. Ou para tentar entender. Suas têmporas bombeiam com força, um calor súbito de repente sobe para o rosto. Abruptamente, ela se volta sobre seus passos. É melhor que ninguém a veja ali.

Chega em casa e tenta se acalmar. Deve haver alguma explicação. Alguma explicação razoável, diz a si mesma: Andreas voltou a La Escapa devido a um imprevisto, para procurar uma ferramenta ou algum material que havia esquecido. Ou talvez seu furgão esteja quebrado e naquela manhã tenha ido em outro carro, com alguém que também estava indo para Petacas. Dá comida para Sieso, abre uma cerveja, deita-se. Mas então se levanta. A explicação poderia ser muito diferente: que naquele momento, *justo agora*, Andreas esteja em sua casa com outra. Mais uma que foi enganada com o mesmo truque com que a enganou.

Sai novamente e caminha rápido, agora na chuva, em direção à loja, com a respiração alterada, até que espreita e encontra a garota atrás do balcão, navegando no celular. O alívio que sente quando a vê é tão grande que ela quase ri, mas também é de curta duração: se não for ela, pode ser qualquer outra.

Ou talvez não seja ninguém. Mas, se não é ninguém, por que ele não liga para ela imediatamente, como faziam no início? Não sente mais vontade de vê-la? Não está morrendo de desejo, como ela?

Passa a tarde indo e voltando de sua casa para a de Andreas. O furgão ainda está lá, sem se mover. Basta ver a mancha branca de longe para voltar e começar a rota novamente. Seu coração bate em um ritmo que a assusta. Nunca tinha feito nada assim, nem parecido. Nada tão grotesco nem tão indigno.

À noite, quando Andreas liga, ela deixa o telefone tocar sem pegá-lo até que ele se cansa de tentar. Ela gostaria que ele se cansasse mais tarde, que insistisse mais, mas, mesmo assim, não responder às suas chamadas parece-lhe uma forma velada de vingança. Nesses momentos, sente que venceu, embora imediatamente se pergunte: que batalha?

Da próxima vez que se encontram, ambos agem normalmente, ou com aquela aparente normalidade em que agora se movem. Ele não pergunta por que não atendeu à ligação. Ela não pergunta por que o furgão estava em sua porta o dia todo. Como não há perguntas, não há respostas. A desconfiança de Nat continua a crescer: sutil e retorcida, como a cautela de um gato. E a dele? Ela não saberia se chamaria isso de desconfiança ou mero desinteresse.

Desde então, Nat adquire o costume de espioná-lo. Espreita pelos lados da casa, observa as idas e vindas do furgão, compara os horários. Rastreia sinais de possíveis visitas. Como não encontra nada, pensa: ele é prudente, destrói as evidências. Quando Andreas não olha para ela, inspeciona tudo o que cai em suas mãos: os frascos da cozinha, os remédios, as garrafas. Verifica o número de preservativos que eles gastaram até agora – faz as contas. Examina os papéis espalhados por toda a casa – faturas, comunicações comerciais, folhetos publicitários, recibos. Encontra alguns velhos CDs, que leva às escondidas para assistir tranquilamente em seu computador. Contêm apenas planos e relatórios topográficos, mas sua ansiedade não diminui e ela continua procurando. No armário, descobre roupas mais formais do que as que ele costuma usar – nunca o viu de terno, mas lá estão elas, irrefutáveis, os paletós e as gravatas. Duas outras descobertas causam-lhe um profundo mal-estar: o recibo de uma loja de moda feminina em Cárdenas – *camisa feminina de 39,90 euros* – de dois anos atrás – *Patricia o atendeu* – e uma caixinha de música, para guardar joias, com uma pequena dançarina que dá voltas e voltas ao abri-la enquanto toca "La vie en rose". Nat a fecha para não se delatar, mas o que gostaria é de destruí-la.

Vasculhar o celular é improdutivo, porque ele quase não o usa. Há apenas as mensagens que ela lhe envia, mensagens publicitárias e chamadas sempre enviadas e recebidas para os mesmos números, que correspondem ao de seu sócio de Petacas ou ao de algum suposto cliente. O fato de Andreas sempre deixar o aparelho à vista, sem senha de acesso, e que seus contatos sejam tão limitados, pode significar que não há nada a temer, mas também pode significar exatamente o oposto: que Andreas dissimula, que enquanto ela trama contra ele, ele também está tramando contra ela, apagando números e mensagens comprometedoras e deixando o telefone ao seu alcance com o único objetivo de confundi-la.

Dentre todas as interpretações possíveis, Nat sempre escolhe a pior. Mesmo quando se convence de que suas ideias não fazem sentido, não fica em paz. Qualquer variação, qualquer nuance que não teria previsto – por mínima ou distante que possa ser – a torna vacilante. O ciúme, aquele monstro insistente de olhos verdes, se esgueira até na cama, com sua língua pontuda e as caretas obscenas, inspecionando os dois para devorá-los, corrompendo o sentido de seus movimentos, manchando-os de sujeira e receio. Por que Andreas fecha os olhos quando está com ela? É porque pensa na outra? Por que se lembra de sua jovem ex-esposa? Suas pálpebras escuras, a expressão concentrada e o leve tremor dos cílios, tudo o que Nat havia admirado nos primeiros dias, o que a excitava, agora representa a confirmação de suas suspeitas. A própria Nat, ameaçada pela frigidez, começou a fantasiar. Imagina cenas em que outros homens lhe pedem a mesma coisa que Andreas pediu. Fazem a mesma coisa – exatamente a mesma coisa – que ele fez com ela da primeira vez, na mesma escuridão e no mesmo silêncio, nua apenas da cintura para baixo, sem mais carícias do que as mãos percorrendo lentamente seus flancos. Eles se comportam como Andreas, mas sem serem Andreas, pois Andreas não é mais quem ele era naquele momento: é um homem diferente, outro que provavelmente atua como ela faz, mantendo-a longe mesmo que esteja tocando-a, expulsando-a de seu lado justamente quando mergulha mais fundo em seu corpo. Quando terminam, permanecem em silêncio, mas não com a timidez do início, e sim com tristeza. Você está com frio?, pergunta ele, pegando uma manta. Você não pode imaginar o quanto, ela gostaria de dizer, lembrando que antes ele a abrigava com os braços, não com aquela cortesia desajeitada e dolorosa.

Agora ela mal vai a Petacas, apenas uma rápida viagem de ida e volta para tirar dinheiro no caixa eletrônico, como se o povoado, já hostil por si mesmo, lhe fosse vetado, já que Andreas trabalha lá. Mas um dia, carcomida por conjecturas, decide ir com a desculpa de cortar o cabelo. Comenta com Andreas de antemão, como de passagem, para que ele não tire conclusões se a vir lá. Andreas levanta os olhos, observa-a de uma maneira que ela se sente descoberta.

– Mas está bom, o seu cabelo. Por que você quer cortar?

– Tenho que aparar as pontas. Faz meses que eu não corto.

– Para mim, está bom.

Esse comentário, que poderia ser considerado um elogio, é interpretado por Nat como um sinal de desapego: Andreas não quer que ela apareça em Petacas, não quer tê-la por perto. No entanto, agora não pode mais voltar atrás. Recuar seria ainda mais estranho: uma confissão completa.

Vai cedo e estaciona no primeiro lugar que encontra. Como não sabe onde há um cabeleireiro, perambula, esquivando-se da lama que se acumula junto às calçadas. E é justamente quando chega à praça da prefeitura que vê Andreas conversando com alguém, balançando os braços vigorosamente, como se estivesse discutindo, fumando enquanto fala, jogando a cabeça para trás para liberar a fumaça, as pernas um pouco afastadas. São gestos que Nat não reconhece nele, nem mesmo seu corpo, visto de longe, é familiar. O homem com quem Andreas está conversando é mais alto que ele e mais jovem. Olhando com atenção, pode-se ver que é um rapaz, o que converte Andreas em outra pessoa, quase um velho. Por um momento, Nat sente o impulso de dar um passo para trás e se esconder, mas então decide caminhar em sua direção. Quando se aproxima, verifica que eles não estão discutindo, e sim falando como os homens às vezes falam, com aquela mistura de ironia, camaradagem e grosseria. Ele se vira, a vê e sorri. Seu sorriso não significa, no entanto, uma acolhida, pois imediatamente se afasta de seu interlocutor, como se não quisesse que ela se aproximasse, nem sequer que o apresentasse, só se despede dele brevemente, enquanto o sorriso começa a se apagar.

– O que você está fazendo aqui?

– Eu vou cortar o cabelo, você não se lembra?

– Ah, claro. Para onde você está indo, especificamente?

– Para lugar nenhum. Não sei onde há um cabeleireiro.

– Venha, eu vou te mostrar um.

Ele dá alguns passos à frente, olhando ao redor como se estivesse procurando por outra pessoa, como se ela sobrasse ou mesmo como se não estivesse mais lá. Nat o segue tristemente. Andreas não a beijou, é claro, mas também não chegou nem perto de tocá-la quando, um momento atrás, ela o viu com a mão plantada no ombro de seu amigo.

– Olhe. É aqui que eu trabalho.

Pela porta de um pequeno local, Nat vislumbra um escritório abarrotado de papéis, aparatos e caixas, com um par de computadores e uma impressora gigantesca no centro. O companheiro de Andreas – um homem da mesma idade que ele, despenteado e de moletom – debruça-se sobre uns projetos tão grandes que se arrastam pelo chão, sem parecer se importar que amassem ou se sujem. Andreas o cumprimenta da porta, ainda sem entrar e sem convidá-la a entrar. Ele levanta o braço para apontar rua abaixo, em direção ao local onde o cabeleireiro está localizado, diz ele, a dois ou três quarteirões de distância. Seu tom é tão cortante – ou Nat o acha tão cortante – que acentua sua condição de intrusa. Quando ele se despede, aperta o braço dela e olha em seus olhos, mas para Nat isso não é mais suficiente.

Também no cabeleireiro é uma estranha. A cabeleireira, com seus longos cabelos encaracolados, camiseta justa e risada estridente, está fazendo escova no cabelo de uma cliente quando ela entra. Sem largar o secador ou perguntar-lhe o que quer, pede – ou melhor, manda – que se sente e espere. É o que Nat faz, espera, enquanto tenta ler o livro que levou. Com os olhos grudados no papel, ouve a conversa das duas mulheres, que criticam alguém com subentendidos e piadinhas particulares. A cumplicidade com que riem deixa Nat desconfortável, como se também estivessem rindo dela – e quem sabe, pensa, talvez estejam fazendo isso. Quando chega sua vez, a cabeleireira a examina através do espelho. Pergunta como prefere o corte, mas não atende às suas instruções. Inspeciona seu cabelo, levantando fios e deixando-os cair depois descuidadamente. Ele está muito danificado, lhe diz, tem que cortar muito.

Nat não opina, deixa a cabeleireira fazer o que não pediu.

Agora, com o novo penteado, jogou vários anos sobre si mesma; parece ainda mais pálida e com mais olheiras do que antes. Apesar de avisar que não queria franja, a cabeleireira fez uma franja aberta para os lados. Mas Nat sorri e paga o que a garota pede sem protestar.

Antes de voltar a La Escapa, ela para no mercado e faz as compras para os velhos. Na fila, observa as mulheres tagarelas e os vendedores desbocados, seu jeito de falar enigmático, acelerado, completamente estranho para ela. Dois vira-latas farejam as caixas sem que ninguém os expulse. É preciso ficar muito atenta, porque caso se descuide um pouco, qualquer um entra sorrateiramente e leva a melhor mercadoria. Mesmo as crianças – não deveriam estar na escola? – parecem astutas e trapaceiras. E as adolescentes têm um brilho arrogante nos olhos, desafiador.

Não pode ser tão horrível, diz para si mesma. É ela, seu olhar, que está doente. Gostaria de poder fechar os olhos para não ver mais nada.

Não tinha pensado nela em todos esses anos. No entanto, devido ao episódio do cabeleireiro, lembra-se daqueles dias brilhantes e de como eles se tornaram tristes e incompreensíveis depois. Nat tinha no máximo sete ou oito anos de idade; Estrella devia ser alguns meses mais velha, embora naquela época alguns meses de intervalo constituíssem um salto enorme, uma garantia, porque era um privilégio ser amiga – ou desfrutar dos favores – de uma veterana. Nat não se lembra de seu rosto ou de sua voz, mas sim de como Estrella se sentava às suas costas para penteá-la, pois sonhava em ser cabeleireira, mas não podia praticar com ninguém, dizia, apenas com ela, a sortuda Nat, escolhida dentre todas as demais, a de cabelos mais macios – assegurava –, o mais longo e mais bonito de todos os cabelos. Fazia-lhe tranças e coques, escovava seus cabelos por horas, fazia cócegas nela soprando suavemente sua nuca, e Nat fechava os olhos e se deixava manusear.

Um dia Estrella começou a dar-lhe puxões, a apertar o rabo mais do que o necessário. Seu cabelo está quebrado, dizia, e jogava a escova no chão, bufando. Nat não entendia onde estava seu erro, implorava que ela tentasse de novo, e, se voltasse a machucá-la, segurava as lágrimas em silêncio. Demorou só alguns dias para que ela a substituísse por outra. De seu canto, Nat agora a via penteando a escolhida, escovando-a com extremo cuidado, colocando elásticos coloridos em cada mecha e fazendo trancinhas em torno de sua testa – coisas que nunca havia feito com ela –, levantando seu queixo no final para admirar o resultado, batendo palmas de alegria. A menina nova observava Nat de longe, talvez um pouco desconfortável, mas irremediavelmente satisfeita.

Nat não sabia que pecado havia cometido para ser punida dessa maneira. Quando viu em seu livro de religião uma imagem de Adão e Eva expulsos do Paraíso, pensou: é isso que acontece comigo.

Seus vizinhos estão descarregando sacos de compras da minivan, enquanto as crianças correm ao redor, arrastando um arco e uma aljava com flechas coloridas. Apesar da distância e da neblina, Nat tem a impressão de que sua vizinha está grávida. O marido cumprimenta levantando a mão e ela é forçada a se aproximar, por educação. Perguntam-lhe como foi a semana. Queixam-se da tempestade, do vento que levou embora a proteção do alpendre. Inesperadamente, outra vez se mostram cordiais, até mesmo afetuosos. Como se só se interessassem quando farejam problemas, pensa Nat. Como se sentissem que as coisas estão se estropeando e estivessem felizes com isso.

A vizinha a pega pelo braço e, sim, confessa, está grávida. Ela conta com olhos brilhantes, agarrando-a intimamente como se faz com as amigas, e convida-a para jantar na mesma noite. Para comemorar, diz. Antes que Nat tenha tempo de responder, puxa-a de lado, muda o tom e baixa a voz, enquanto acaricia a barriga.

– O convite é só para você.

No começo, Nat não entende.

– Quero dizer… não gostaríamos que o alemão viesse.

– O Andreas?

– Isso, o Andreas.

– Claro. – Nat acena com a cabeça. – Tudo bem.

Levanta-se uma corrente fria e cortante, quase higiênica. Uma corrente que termina com a possibilidade de refutar ou pelo menos perguntar. Uma corrente que deriva a conversa novamente para o problema do tempo, que incômodo. Mas Nat se pergunta: por que essa proibição?

Ir ao jantar significará não ver Andreas naquela noite. Aceitar o convite se tornará uma mensagem para ele, uma mensagem secreta cujo conteúdo nem mesmo Nat sabe decifrar. Decide não lhe dar explicações. Simplesmente lhe manda um aviso, nos vemos amanhã, escreve. Como ele interpretará essa falta? Muito provavelmente, acredita Nat, ele não interpretará isso de forma alguma.

À noite, no jantar – para o qual Píter também foi convidado –, os vizinhos expõem seus planos de construir uma piscina no terreno. Eles fizeram as contas e não sai tão caro. Querem uma piscina longa e estreita, para que possam nadar confortavelmente. Uma piscina funcional, mesmo que não seja bonita.

– A pior coisa de uma piscina é a manutenção – diz Nat. – Um inferno.

Eles assentem, avaliaram todos os impedimentos, mas ainda assim vão construí-la.

– Sei lá – diz Nat –, sempre achei que não valia a pena. Me perdoem, mas acho um absurdo, tanta água gasta todos os anos...

– A água não é jogada fora todas as vezes. Existem produtos para mantê-la. Produtos e coberturas.

– Sim, produtos químicos muito agressivos... Também não me convencem.

Nat está sendo intrometida e sabe disso. Ela não tem nem ideia a respeito de piscinas, mas se permite dar sua opinião. O que está acontecendo com ela? Falar em manutenção de piscinas disfarça seu desejo de sair imediatamente e correr para Andreas? Píter vem em seu auxílio e muda de assunto; ela se concentra em seu prato e se lembra das palavras que a vizinha disse, sua atitude – o olhar baixo, a hesitação ao falar, a mão acariciando a barriga – *não gostaríamos que o alemão viesse*. Todas as interpretações possíveis passam por sua cabeça. Ocorre-lhe que talvez Andreas tenha tido algum atrito com os vizinhos. Ou talvez apenas com a mulher, algo privado e íntimo. Afinal, foi ela quem fez esse pedido, aproveitando o fato de que o marido não estava por perto. Ele não teria pedido a ela para deixá-lo entrar...? Seu rosto se contrai de dor. Do outro lado da mesa, Píter a observa. Não, não pode ser, diz a si mesma. A vizinha usou o plural ao mencioná-lo – *não gostaríamos...* –, não é possível que seja uma coisa só dela. Poderia perguntar ao próprio Andreas, esclarecer a dúvida da maneira mais fácil. Mas não vai fazer isso. Para Andreas, o que os outros pensam dele não o afeta em nada. Se lhe contasse o que aconteceu, simplesmente diria que isso não importa, ou mesmo não diria nada. Ele nunca ficaria com raiva, mesmo que soubesse que estavam falando mal dele ou fazendo insinuações insidiosas.

Não há nada mais alheio à natureza de Andreas do que a raiva. Nat nunca o viu se exaltar ou perder o prumo, como ela mesma acabou de fazer com o assunto da piscina. Nem mesmo no dia em que contou sobre sua mãe ele levantou a voz. E jamais discute. Quando expressa seu ponto de vista, o expõe sem a necessidade – ou a ânsia – que ela tem de se fazer entender. Em Andreas não há pretensão de convencer.

Curiosamente, essa atitude gera em Nat mais inquietude do que o contrário.

Às vezes, ela se pergunta se essa neutralidade não é também uma forma invisível de ataque.

Estão na cama quando ela ouve os miados de Li. São miados graves, longos como lamentos. A gata percorre a casa em círculos, entra e sai do quarto sem parar de miar. Nat está distraída e intui que Andreas também tem a cabeça perdida em outras coisas. Mas não é só por causa do barulho. Algo em seus corpos parou de funcionar e não pode mais ser reparado. Eles estão lentos, tratam-se com falta de jeito e rigidez. Nat pensa em como era diferente apenas algumas semanas antes, quando se abraçavam e tudo estava líquido e fluía. Por sua vez, esse pensamento – essa comparação – piora a situação. E depois há a gata, a gata queixosa que continua a miar como um bebê que chora – mais desesperada do que um bebê que chora –, sem parar, com exigência, alguns miados mais profundos do que o normal, muito mais insistentes do que o normal. Nat se detém.

– Será que está em trabalho de parto?

– Não – diz Andreas. – Está procurando os filhotes. Nasceram ontem.

Nat se levanta. Sentada sobre ele, olha para seu rosto sem óculos, desprotegido, mas distante.

– E onde estão?

– Afoguei eles numa bacia d'água.

– Você afogou os filhotes?

– O que você queria que eu fizesse? Foi a melhor coisa para eles.

Nat fica horrorizada. Por que afogá-los? Não havia outra opção? Nem mesmo outra opção foi considerada! Por que ele não poderia mantê-los? Tem espaço de sobra!

Ou dá-los? Ele não tem remorso de matá-los? Não sente a menor compaixão? Enquanto lhe pergunta tudo isso, vai se vestindo, exibindo toda a sua indignação, embora ela mesma saiba que os gatinhos mortos não são a única razão para sua raiva. Andreas não responde. Ele lhe dá um longo olhar de desprezo antes de perguntar se a noite vai acabar assim, se ela vai abandonar tudo pela metade, se não é capaz de pelo menos se controlar um pouco. Como se ele se importasse com o término da noite, Nat responde: ele é a pessoa mais insensível que já encontrou. Não só ao matar criaturas, mas sempre. Quando ela sair, ele certamente vai ver televisão como se nada tivesse acontecido.

Ele a contempla impávido, com as pupilas vazias. Veste-se devagar, põe os óculos cuidadosamente antes de falar. Em cada um de seus gestos, o fim já se antecipa. Na forma de amarrar os cadarços das botas. De reposicionar a fivela do cinto, uma vez que o fecha. De levantar os olhos para Nat, concentrar-se nela e repetir as palavras que ela disse, *matar criaturas*, que disparate. Ela acredita que tem a capacidade de entender e o direito de julgar. Mas ela não sabe de nada, diz ele. Deveria ficar um pouco mais calada. Olhar ao redor e ficar em silêncio.

Nat morde os lábios, responde com lágrimas contidas.

– Você fala como o proprietário. Com o mesmo desprezo. Você se sente acima do resto.

– Porque o proprietário tem razão. Aqui nós lidamos com outras regras. E você não as entende. Não é que você não as aceite. É que você é incapaz de entendê-las.

– Que regras? A que regras você se refere? Trocar mão de obra por sexo, por exemplo?

Ela nem tem tempo de se arrepender. Falou aquilo e agora é irremediável. Andreas a afasta com um braço, olha para ela com dureza. Sentado na cama, suspira profundamente, alisa os cabelos e depois diz a ela, com absoluta calma, que quer romper.

– Romper *o quê?* – Nat pergunta, tremendo.

– Romper isso que temos. Como você quiser chamá-lo. Acabar. Terminar.

– Eu nem sabia que tínhamos algo!

– Não? E isso de vir todas as tardes para a minha cama, o que é isso?

– Isso é o que eu tenho me perguntado o tempo todo: o que é?

– Você nunca entendeu, não é? É por isso que você me espiona, você ronda a casa para ver se estou ou não... porque você não entende nada.

– Do que você está falando?

– Você sabe do que estou falando. Acabou. Você esgotou minha paciência.

Nat ouve as palavras sem alcançá-las. Percebe os sons, mas não os compreende. Algo começou a mudar em seu interior. Sua fúria se dissolve e dá lugar a um buraco cuja ressonância troveja por todo o seu corpo. Ela caiu em um poço e está se afogando. Esfrega os olhos com os punhos, olhando para ele de um lugar diferente. Sua voz – sua própria voz – soa muito remota para ele, como se fosse articulada de longe, fora dela.

– Não, não, não... você não está falando sério.

Andreas não responde. Uma profunda imobilidade se apodera dela: já está fora de combate. Ela fica um pouco mais, paralisada, sentada agora no chão, com um sapato no pé e o outro não, a blusa ainda desabotoada, esperando.

– É melhor você ir embora – Andreas lhe diz depois de alguns minutos.

Nat se levanta, termina de se vestir e sai.

Ou melhor, deve ter se levantado, se vestido e saído: não se lembrará disso mais tarde, porque age como uma sonâmbula. Nem se lembrará do que diz quando sair – se é que diz alguma coisa –; como percorre o caminho de volta; como, por causa da escuridão, avança quase tateando, tropeçando; como abre a porta de sua casa, se deita de bruços na cama e se aperta contra o colchão procurando sufocar o sofrimento.

Sieso se aproxima da beira da cama, bate suavemente o focinho no rosto dela e, em seguida, deita-se no tapete, ao seu lado. Agora, com exceção daquele cachorro – o guardião de cadáveres –, ela está sozinha, completamente sozinha. Ao redor só há silêncio: o fictício silêncio de sempre. O motor de um quadriciclo perfura o ar, à distância um par de cães late e para ela se encaminham, nítidas, algumas novas palavras: o *tempo é o castigo*.

Ela as pronuncia como se estivesse lendo-as, como se não viessem dela, mas de além, de muito além.

III

Telefona para ele no dia seguinte, e no outro, e no outro, recusando-se a acreditar que ele continuará sem responder, prometendo a si mesma todas as vezes que será a última tentativa, sabendo que se põe em suas mãos, que se ajoelha indignamente, e mesmo assim insistindo, a ponto de até aparecer na casa dele ou mesmo de aparecer em seu estúdio em Petacas, se necessário. No terceiro dia, Andreas atende à chamada, mas apenas para repetir sua sentença: eles não devem mais se ver. Diz isso com calma e segurança, sem ficar alterado, sem gritar. Não a recrimina por todas as chamadas anteriores, esse assédio. Não a recrimina por nada. Em sua ausência de nervosismo, Nat compreende a irrevogabilidade de sua decisão.

Mas não se dá por vencida. Roga. Implora. Ele interrompe a conversa. A partir desse momento, nunca mais atenderá o telefone ou responderá qualquer mensagem. A firmeza de Andreas, sua coerência, consistia apenas nisto, diz Nat: em não dar o braço a torcer, em não se contradizer.

A certeza de que atingiu o limite a deixa doente, literalmente. Nat se enfia na cama e não sai de lá por dias. Mantém o telefone por perto, olha para ele a cada cinco minutos, coloca-o debaixo do travesseiro e tateia em busca dele, vencida pelo sono, mas nunca adormecendo. Sua pele arde de desespero, incapaz de admitir que perdeu Andreas, o corpo dele, tudo o que faziam e não farão mais. Ela repassa repetidamente o que aconteceu, as palavras ditas, a ordem em que foram ditas. Ele a deixou de lado – empurrou-a com o braço, quase a jogou no chão –, expulsou-a de sua casa. É tão terrível, tão doloroso, que ela tem vontade de gritar só de se lembrar disso.

Preocupado com seu confinamento, Píter vai vê-la. O que há de errado com você? Você já foi ao médico? Precisa de alguma coisa? Nat mantém suas reservas, tampouco ela quer dar o braço a torcer. Pede apenas que Píter explique aos velhos que ela não poderá servi-los por um tempo e que compre ração para Sieso. Que irônico, ele pensa: Píter será responsável por alimentar o cão que ele odeia.

Deve ser ele quem comenta de seu estado aos vizinhos, porque na sexta-feira, recém-chegados, a vizinha passa para vê-la. Traz um monte de sachês de infusões cuidadosamente ordenados em uma caixa de madeira, cada um indicado para aliviar uma doença diferente. Camomila, erva-cidreira e tília, sálvia, tomilho, valeriana e hortelã, soluções fáceis para distúrbios digestivos, insônia, dor óssea, cólicas menstruais e até tristeza.

– A caixa é para você, pode ficar com ela, é um presente.

Um presente malicioso, pensa Nat, como se, mais cedo ou mais tarde, todos esses males fossem afligi-la, mas ela agradece pela delicadeza. A vizinha diz que não é nada. Eles estão lá para ajudar uns aos outros, diz; ela sabe muito bem que, se fosse com ela, Nat faria o mesmo. Nat observa sua barriga incipiente sob o vestido azul de algodão. Olha para ela como se fosse a primeira vez que a vê e a acha muito mais atraente do que quando a conheceu, seu cabelo mais sedoso, a pele mais jovem, uma elegância natural que de repente a faz se sentir muito desconfortável. Quase sem pensar, Nat pergunta à queima-roupa:

– O que se passa entre você e o Andreas? Qual é o problema?

Soa mais rude do que ela gostaria. Como uma pergunta ofensiva, pensa: agora a vizinha se sentirá atacada e não responderá. Mas ela inclina a cabeça como se estivesse pesando a pergunta; depois a levanta e nega, sorrindo.

– Nada. Não se passa nada.

– Mas você me proibiu de levá-lo à sua casa!

Ela mantém o sorriso, imperturbável.

– Proibir é uma palavra exagerada. Só pedi a você.

– Mas por quê?

Apalpa de novo a barriga, balançando-se.

– Por nada. É só porque eu mal o conheço. Não tenho intimidade.

À tarde, é o vizinho quem a visita. Ele se oferece para levar qualquer coisa, para fazer qualquer coisa por ela. Sua aparência é tão preocupante?, pensa Nat. Ou eles intuem a verdadeira causa e chafurdam em seu castigo?

A voz do vizinho abriga um tom esperançoso, impróprio. Sua mulher sabe que ela está lá? Ela o enviou ou lhe ocorreu ir por conta própria? Ela olha para o homem e percebe como ele vacila, como se quisesse dizer algo mais do que o que diz, com olhos líquidos – como se liquefeitos – e com alguns segundos de hesitação que se alongam significativamente.

O vizinho não sabe sorrir sem incluir no mesmo gesto a careta do engano. Ou, se não do engano, da dissimulação. Por alguns momentos, Nat pensa que ambos pertencem à mesma linhagem.

Ela tem pesadelos que a deixam exausta. Às vezes, basta que permaneça cochilando por alguns minutos, a qualquer momento, de modo que, em tão pouco tempo, apareça em seus sonhos toda uma legião de seres – pessoas sem rosto, animais falantes – que se dirigem a ela, lhe dão ordens ou a mantêm trancada em lugares escuros e labirínticos. Quando acorda, olha em volta e seu quarto é completamente estranho para ela. Cada peça de mobiliário, cada objeto, permanece no lugar e, no entanto, algo mudou. É palpável no ambiente, como uma súbita queda de temperatura ou como a cor desbotada em uma foto antiga. Como se o mundo tivesse decidido seguir em frente, se transformando, quando ela já foi definitivamente deixada para trás.

Como ela odeia a casa, quão infrutíferas foram suas tentativas de melhorá-la! Sua pretensão de imprimir sua marca limpando e decorando tem sido inútil. Seus pertences estão lá como se tivessem sido recortados do avesso e colados mais tarde, como uma colagem malfeita. Olhe para a mesa com seus papéis, o laptop, seus livros, as cortinas que costurou para a cozinha, o velho castiçal de cobre – tão bonito –, a fruteira de cerâmica. Todos rangem. Tudo rangeu desde o início, pensa: ela não pertence àquele lugar, nunca pertenceu.

Passaram-se duas semanas inteiras. É domingo de novo. Agora cabe a ela fazer a próxima jogada no tabuleiro, embora não saiba que peça tem de mover ou para onde.

Sai para dar um passeio.

Entra na estrada de terra que leva à casa dos velhos, um caminho de hortas e cercas com galinhas e porcos. Ao longe, distingue os dois, sentados sob as treliças em que as uvas ainda engordam. Ela os abandonou, nem sequer passou para perguntar sobre eles. Deveria fazê-lo? Sim, deveria, embora mais tarde, diz a si mesma. Observa as laranjeiras florescendo. Uma coisa incomum, explicou Píter, aquela floração tardia, fruto do calor inusual daquele outono, embora ela não dissesse calor, e sim de uma estagnação da atmosfera, como se o ar não circulasse mais e a corrente tivesse sido imobilizada a meia altura, não nos pés nem no rosto, mas na área dos quadris, para dificultar seu avanço.

Ela está sozinha. Sieso a seguiu por algumas centenas de metros, mas então parou no meio da estrada, olhando-a enquanto ela continua, ignorando seus chamados, até que se virou com seu trote desengonçado. Agora Nat se aproxima das laranjeiras, descobre que muitas das folhas estão crivadas de pulgões. Algumas, totalmente invadidas pelos bichos, se retorcem, secas, sobre si mesmas. O céu pálido, quase sujo, se amarela por causa de uma coluna de fumaça que se levanta à distância. Cheira a fumaça e a flor de laranjeira e também a bosta, tudo misturado. Um pouco mais adiante está a casa dos irmãos incestuosos, com seus grafites vermelhos, CASTIGO DE DEUS, VERGONHA. Nat espreita através dos buracos das janelas – as molduras arrancadas, sem vidro – o interior cheio de lixo e moscas. Ela entra, mesmo sabendo que não há nada para ver – nada de bom – e ali, entre aquelas paredes em que o ar se torna denso, uma certeza insuportável a atinge. É inútil o que faça, não importa qual peça mova: ela nunca mais terá Andreas.

Perdeu-o.

Ela o tinha e o perdeu.

Essa certeza rasga cada um de seus músculos. Ela acha que vai morrer de dor, acha que é possível morrer assim, sozinha, entre as ruínas daquela casa. Quase cai de joelhos, mas se contém. Encostada na parede, tenta controlar a respiração. Tem a sensação de contemplar a última cena de sua vida. Este é o verdadeiro sofrimento, pensa. Algo terrível vai acontecer, pensa depois.

Um pouco mais tarde, quando está voltando para sua casa, distingue o alvoroço: primeiro algumas formas confusas e depois as pessoas ao redor, movendo-se em torno de alguma coisa, a poeira levantada por um par de carros – a minivan dos vizinhos, justo nesse momento, arrancando – e alguns gritos que chegam a ela abafados pela distância. Nat aperta o passo enquanto um obscuro pressentimento toma forma em seu íntimo. Avança sem entender completamente, embora os gritos já pertençam a pessoas concretas e sejam da vizinha entrando no carro em movimento e também do filho dela, que berra, chutando porque o estão deixando sozinho. Há também um grupo de dois ou três homens; um deles pega um pau – ou algo que se parece com um pau – e ronda a casa de Nat. A minivan já se afastou, sua silhueta na poeira já é quase indistinguível. O que acontece, ela se pergunta enquanto se apressa, o que está acontecendo, até que vê um dos homens correndo em sua direção e chamando-a, mas seu tom não é de advertência, e sim de acusação, como se ela fosse culpada de alguma coisa, ei, ele diz, ei!, grita, e tudo o mais acontece muito rapidamente. É o cão, dizem-lhe, essa besta selvagem. Onde ela havia se enfiado nesse meio-tempo? A menina está com o rosto destroçado, dizem-lhe. Por que não o deixou amarrado? Você não sabe que ele é uma fera? E onde está esse demônio agora? Ela deve entregá-lo, eles lhe dizem, darão conta dele, pobre menina, deve vê-la imediatamente, ver o que ele fez. Nat mal entende. Olha para o menino, que está na porta cobrindo o rosto com as mãos – arranhando as bochechas com as unhas – gritando assustado, e vê uma mulher – a dona da loja – que o toma em seus braços e o leva à força. Alguém ordena que Nat saia de lá imediatamente, que vá encontrar a besta, que saia do caminho se não quiser que alguém a mate ali mesmo, que desapareça pelo menos até que aquela pobre mulher saiba que sua filha está a salvo, aquela mãe grávida, a mãe cuja filha teve seu rosto destroçado e de cujo infortúnio, aparentemente, Nat agora é culpada.

Ela se tranca de volta em sua casa, se é que pode chamá-la de sua ou até mesmo chamá-la de casa. Não tem escolha, para onde iria? Onde quer que vá ou o que quer que diga, só vai se deparar com a rejeição. O único que vem vê-la é Píter. Olha para ela com preocupação, estreitando os olhos. Nat está encolhida no sofá, com o olhar perdido na parede, as pupilas fixas. Píter tenta animá-la, mas ela o ouve apenas pela metade. Os ferimentos da menina, ao que parece, não foram tão graves, ele lhe diz. Ela vai ficar com cicatrizes, mas sempre se pode recorrer à cirurgia plástica. Píter explica algo sobre as bochechas, ou uma bochecha em particular. Seu próprio rosto, o dele, está dividido pela sombra. Sentado na frente dela, Nat só vê metade de seu rosto. Píter agora parece muito mais jovem, com a barba revolta e as maçãs do rosto suavizadas pela penumbra, ou talvez seja ela quem envelheceu e olhe para ele de outra época. Sua voz baixa e apaziguadora continua a explicar o que Nat não pode entender agora. Como é cansativo ouvir quando você não tem nada a acrescentar, pensa de forma difusa. Era isso que acontecia com Andreas quando ela falava com ele? Era assim que ela o fazia se sentir com sua tagarelice?

– De qualquer forma, você deveria ir lá e se oferecer para ajudar. Perguntar pela criança. Ela tem apenas seis anos, coitadinha.

Coitadinha, Nat repete, e então:

– Eu não tenho culpa.

– Não, claro que não. – Píter pega sua mão, aperta-a.

– Agora todo mundo me odeia.

– Eles não te odeiam. Mas você tem que colaborar. Você não pode recusar.

Colaborar significa libertar Sieso assim que ele aparecer para ser sacrificado. O cão – bicho inteligente – fugiu e continua sem dar sinais de vida. Será que é capaz de entender o que fez, de antecipar as consequências?

Os homens de La Escapa, acompanhados por um casal de agentes da polícia local de Petacas, estão fazendo buscas nos arredores para achá-lo. Chegaram a El Glauco e subirão até o topo, se necessário. O dono da loja está à frente da expedição. Ele é o mais indignado, o mais feroz de todos, como se tivessem mordido sua própria filha. Nat ainda pode ouvir os insultos que lhe dedicou. O cigano foi o único que a defendeu naquele momento. Deixe a menina em paz, disse ele. Mas depois se juntou aos outros para percorrer os campos. Nat se lembra de tudo com estupor. Sem se defender.

Fica espantada com a ideia de sacrificar o cão. Parece-lhe que matá-lo aprofundará ainda mais a desgraça. Não a desgraça da menina, não a dos pais da menina nem mesmo sua própria desgraça, mas a desgraça do mundo em geral, em uma espécie de fatalidade irrevogável, como se o sacrifício de um único animal – desse animal – alterasse definitivamente a ordem das coisas.

– Você não percebe que é um perigo? Que a mesma coisa que ele fez com aquela garota pode fazer com os outros?

– Foi ela quem pulou a cerca e entrou para brincar sem permissão. Sieso não a teria atacado se ela não tivesse pulado. Além disso, onde estavam seus pais? Eles não são responsáveis por deixá-la sozinha?

Píter se levanta, arregala os olhos, escandalizado.

– Não diga isso! Nem pense em dizer isso a ninguém! Você iria cavar sua própria cova!

– Mais ainda?

– Você está nervosa. Não sabe o que está dizendo.

Nat assente. Deixa que ele se aproxime, que a cubra com uma manta.

– Você tem que descansar. Voltarei amanhã.

Dessa vez o silêncio é diferente, teatral, como se o estivessem representando apenas para ela, com o único propósito de enganá-la. Todo mundo deveria estar dormindo, mas certamente ninguém dorme. Nat imagina os homens de La Escapa procurando o cachorro. Procurando por ele com espingardas de caça e paus, perseguidores, prontos para linchá-lo assim que o encontrarem. Vão matá-lo desse jeito, com crueldade, devolvendo todo o dano que ele causou? Adormece, cai em um torpor febril. Sonha com tochas, as chamas cintilando, irregulares à distância. Também sonha com Andreas, com suas mãos tocando-a, acariciando-a, aparecendo e desaparecendo. Quando acorda, uma luz ocre se filtra através das persianas. Várias horas devem ter se passado, mesmo que pareçam minutos para ela. Ouve um gemido atrás da porta – um gemido baixo, suave, quase humano. Alguém está arranhando a madeira. Nat se levanta de um salto, abre. Sieso está no umbral, olhando-a diretamente nos olhos. Tem o pelo sujo e uma nova ferida na pata, mas seu olhar está mais límpido do que nunca. É um milagre que ele tenha chegado lá sem ser visto. Um verdadeiro milagre, diz-se. Por que matar uma criatura assim?

Eles não podem escapar, pois, assim que o carro arrancar, vão interceptar o caminho dela, vão linchá-la também. E, se ficar dentro de casa, dias e dias sem mostrar o rosto, vão quebrar os vidros assim que ouvirem Sieso latindo, vão estourar a porta como fizeram com os irmãos incestuosos, vão capturá-los ali mesmo e não haverá escapatória. Como um animal encurralado, pensa, é assim que ela está. Como o próprio Sieso, que continua a olhar para ela e gemer lentamente.

A única solução é que Píter a ajude. Ainda pode tentar. Ainda poderia convencê-lo se usar as palavras certas, se isso o fizer entender o quão importante é para todos – para a comunidade – salvar o cachorro. Ela o chama pelo telefone. Pede-lhe para ir o mais depressa possível, sem explicar o motivo da urgência.

Píter fica mudo quando entra e vê Sieso lá. Oscila o olhar entre o cachorro e ela, com expectativa. Com precipitação, Nat começa a falar. Você trouxe o carro? Sim? Pode levá-lo às escondidas, dele não vão suspeitar. Pode deixá-lo em um canil. Ou em qualquer outro lugar, em outro vilarejo. Que percorra todos os quilômetros que sejam necessários. Se ele ficar em La Escapa, será moído a pauladas.

– Você está louca – ele interrompe.

Mas Nat continua falando. Imagine que fosse sua cachorra, diz a ele. Não lhe daria a oportunidade de se redimir? Até mesmo o criminoso mais abjeto merece uma defesa. Ele não se lembra mais do que disse sobre a víbora-cornuda? Que a única coisa que devia ter feito era afastá-la? Agarra-o pelos ombros, sacode-o. Ele sempre disse que era seu amigo. Um amigo de verdade. Disse-lhe que, se precisasse de ajuda, recorresse a ele. É o que ela está fazendo agora. Por que não a apoia?

– Porque o que você está me pedindo é um disparate. Não só não te beneficia, mas também te prejudica. Você está alterada e não entende. Com o tempo, vai me agradecer.

Nat se enfurece. Também ele vai rejeitá-la? Está ficando do lado dos outros, agora que ela é a peça mais fraca do tabuleiro?

– É por segurança. E por justiça. Você não pode fugir disso – acrescenta ele.

Nat se vira, desvia o olhar, ordena que ele abandone sua casa. Píter sai arrastando os pés. Mas ele não é o condenado, ela pensa, por que esse jeito de andar?, tanto teatro! Certamente está satisfeito porque seus prognósticos foram cumpridos. Esse cachorro só vai te dar problemas, tinha dito. Soou como uma maldição, e aí está o resultado.

E talvez por essa razão, por ter estado certo em seu presságio, é que Píter se outorga autoridade para delatá-la, porque deve ter sido ele quem a delatou, dado que em menos de uma hora dois agentes policiais batem à sua porta.

Nat não pode impedir que Sieso seja levado. Não faz mais sentido opor resistência.

Joaquín bate à sua porta pesaroso, retorcendo as mãos. Nat o convida a entrar, mas ele prefere ficar do lado de fora, sem cruzar a soleira. Com o olhar baixo, ele diz que é melhor não trabalhar para eles por um tempo.

– Pelo menos até que as coisas se acalmem – acrescenta.

Ninguém entenderia o contrário, diz ele. Eles se dão bem com todos, é melhor evitar conflitos que prejudiquem a saúde de Roberta. Nat não se defende. Inclusive lhe dá razão. O cachorro mordeu a menina, o cachorro era dela, então ela é a culpada. Trata-se de justiça. Não há mais nada para falar, nada para discutir.

Joaquín se desculpa de novo. Em suas bochechas enrugadas, distingue-se o rubor do constrangimento.

– Não é nada contra você. Quando tudo isso acabar, você pode voltar.

Ela vê Roberta naquela mesma tarde, descansando na varanda, na espreguiçadeira listrada puída em que costuma se sentar para tomar um ar fresco. A velha lhe faz um sinal para se aproximar. Nat hesita, não quer prejudicá-la nem desobedecer às ordens do marido, mas finalmente se apoia na cerca, na distância certa para falar.

– E então, Roberta? Como vai?

De mau humor, Roberta conta-lhe sobre o filho. Ele lhe prometeu que a levaria à Itália, ela diz, mas esqueceu sua promessa. Depois de ter comprado vestidos novos para a viagem, repete, ele a esqueceu. Nat sabe que os velhos têm um filho no exterior que nunca veem e mal mencionam, mas o discurso de Roberta não soa muito lógico.

– Ele se perdeu por El Glauco – diz ela agora. – Ele se perdeu lá, quando criança, quando não tinha barba. Ele tinha grama no rosto, em vez de barba.

– Isso não faz muito sentido, Roberta.

Ela se põe de perfil, como se quisesse mudar de assunto.

– Não importa.

Está com o cabelo molhado; provavelmente Joaquín acabou de lavá-lo e deixou-a sentada ali para que seque com a brisa. Assim, penteado atrás das orelhas, lhe cai bem. Nat diz a ela.

– Você está muito bonita, Roberta.

– Por que você não vem aqui e se senta comigo um pouquinho? Estou entediada aqui sozinha.

– Agora não tenho tempo. Mas com certeza seu marido ficará feliz em acompanhá-la e conversar. Diga isso a ele.

– Ah, ele fala diferente. Nós nunca nos entendemos. Você não percebeu?

– O quê, Roberta?

– Que esse homem não me entende.

– Você quer dizer seu marido? Claro que ele te entende!

– Até parece! Aqui, neste lugar, ninguém entende ninguém.

– Bem, isso acontece em todos os lugares.

– Em La Escapa mais, muito mais. Você não vê que ninguém nasceu aqui? Todo mundo vem de fora. Cada um fala em um idioma diferente. Em inglês, em francês, em alemão... em russo! Chinês!

Nat ri.

– Como é que é, Roberta? Aqui todos nós falamos a mesma língua.

A velha estala a língua, faz um gesto desdenhoso com a mão.

– Até parece! Você está muito enganada! Está vendo? Nem você está me entendendo agora.

Ela não se esquece de Andreas. Ainda sente muito sua falta. Às vezes, seus seios incham de desejo, todo o seu corpo formiga de ansiedade com a mera lembrança. No entanto, os traços de seu rosto já começaram a se apagar. Fecha os olhos e tenta retê-los, mas ainda assim se desvanecem. A sensação de perda vai se instalando, rapidamente, na memória. Uma noite, ela volta a sonhar com ele, mas é um homem mais alto, mais elegante. No sonho há uma placidez oleosa na qual ela mergulha para nadar. Dá braçadas com facilidade, contempla os raios de luz peneirados pela água, a tonalidade esverdeada de um leito de rio e o brilho prateado das pedras ao fundo. Quando acorda, pensa: não, aquele não era Andreas.

No dia seguinte, pensa vê-lo de longe. O que sente é impossível de descrever. A coisa mais próxima talvez fosse como olhar por uma janela a partir da qual se pudesse vislumbrar uma paisagem de outro mundo. Um mundo que agora é distante, incompreensível e doloroso. Mas não era assim desde o início: distante, incompreensível e doloroso? Sim, responde a si mesma, mas antes ela estava dentro e agora está fora.

Ela não volta a espioná-lo – seria letal se ele a descobrisse outra vez o espionando! –, mas observa sua casa de longe, geralmente com a porta fechada – ele, que costumava deixá-la sempre aberta –, quase nunca o furgão do lado de fora. Onde passa tanto tempo agora?

Há uma estranha quietude ao redor, alterada apenas por mudanças mínimas – a persiana levantada um dia e outro não, o carrinho de mão mudado de lugar, galochas ao lado da porta que desaparecem no dia seguinte –, mudanças que demonstram que Andreas ainda está vivo. De alguma forma, essa observação é surpreendente para ela, porque ela mesma sente que já morreu.

O que será que ele acha do que aconteceu, quando todos a repudiaram? Será que sente compaixão? Ou acredita, como os outros, que ela é culpada?

Tudo aconteceu em tão pouco tempo. Tão pouco que ela fica surpresa quando pensa nisso. Estreou um tubo de pasta de dentes quando chegou a La Escapa, um tubo que vem usando duas ou três vezes por dia e, mesmo assim, ainda não terminou de usá-lo, ainda resta cerca de um terço. É incrível, diz-se: remexer-se por dentro completamente, agitar-se, virar-se e virar-se de novo, em menos tempo do que leva para gastar 125 mililitros de pasta de dente.

Um dia, vê o Chalezinho aberto, vence suas reservas e se aproxima para perguntar. O vizinho está sozinho. Explica que foi dar uma conferida na casa e a contempla com seriedade, com uma expressão mais próxima da curiosidade do que da reprovação. Diz que a menina está melhor, se recuperando. Nat pergunta se eles estão com raiva dela. Quando possível, diz, gostaria de visitá-las. A menina e a mãe, as duas. Quer pedir desculpas pessoalmente. Ele responde depois de pensar sobre isso por um tempo. Acaricia o queixo reflexivamente, um gesto que para Nat parece afetado. Não, lhe diz, não estão com raiva dela. Seu único erro foi o da imprudência. Não se pode sair por aí recolhendo animais meio selvagens. Há riscos que não são toleráveis, repete, que não se tem o direito de assumir sem pesar as consequências. Nat gostaria de dizer-lhe que Sieso não era meio selvagem, que o vizinho gostava dele, que uma vez até o viu acariciando-o. Gostaria de se defender, mas sabe que não tem direito a defesa.

As pupilas do vizinho oscilam levemente ao olhar para ela, como se a escaneassem. O que foi realmente doloroso para eles, ele continua, foi que Nat resistisse ao sacrifício do cão. Eles tinham perdido muito, sua filha tinha perdido muito, por que Nat se recusava a perder qualquer coisa? É preciso entender as coisas nesses termos.

– Mas não vamos falar aqui. Entre um pouco. Está frio.

Nat concorda, embora dentro do Chalezinho eles não mencionem o assunto novamente. Enquanto ele vai acendendo as luzes e a calefação da sala, fala com ela sobre outras coisas. Conta pormenores de seu trabalho. É gerente de uma companhia de seguros, mas sua intenção é se tornar independente e montar seu próprio escritório. Ser seu próprio chefe seria um golaço, diz ele, é a única maneira de nunca negar a si mesmo um aumento! Ele ri de sua piada e depois pergunta sobre seus negócios, embora sem ouvir a resposta. Nat não acha que ele esteja muito preocupado com a filha. Talvez não esteja tão preocupado com o que aconteceu, ela pensa, porque sua conversa é descontraída e no fundo ele se mostra até feliz com essa vizinha que não lhe desagrada e que agora está em suas mãos devido ao infeliz incidente do cachorro.

Está em suas mãos, Nat repete, ou nas mãos um do outro, com a possibilidade de vender e comprar o perdão, a defesa e a restauração da honra. Ele ostenta o poder da vítima e talvez, graças a esse privilégio, seja o único capaz de interceder por ela. Mas, para conseguir isso, Nat deve expiar sua culpa, dar algo em troca. Ela se diverte por alguns momentos com a ideia. Por que não? Não foi assim que sua história começou com Andreas, intercambiando bens? É evidente que o vizinho a deseja. Sempre a desejou e agora pode obtê-la com mais facilidade do que nunca. Nat o imagina lambendo-se, cercando-a como um lobo. De repente, é tomada pelo nojo. Aqueles lábios, aquele corpo, seu peso sobre ela, o toque estéril, marcando a distância com aquilo que ela uma vez teve, perdeu e ainda não consegue esquecer. Sente vontade de vomitar.

O vizinho tira a jaqueta. Nat abotoa a sua, se despede e vai embora.

Um espírito de conciliação se estende por La Escapa, representado pelas guirlandas de Natal que os donos da loja penduram nas árvores, pequenas luzes que acendem e apagam ritmicamente para lembrar que o ano está terminando e todos devem se converter em cidadãos de boa vontade. Ninguém mais vira a cabeça quando ela passa, não há olhares feios nem de desprezo, pelo menos que ela veja.

Na loja, a garota a trata de novo, se não exatamente como no início, pelo menos com alguma naturalidade, esquecendo ou fingindo esquecer o que aconteceu. Os ciganos oferecem-lhe um cachorrinho de caça, um animal que nunca dará problemas, garantem, mas que Nat recusa, assustada com a mera ideia de tentar novamente. Joaquín insinua que pode voltar a trabalhar na sua casa quando quiser – diz isso ruborizado, com os olhos no chão. Até Píter pede desculpas. Não soube lidar bem com a situação, admite, sabe que a desapontou, mas não era fácil encontrar uma solução, o dilema era muito complicado.

Nat espera que a volta da vizinha e das crianças signifique o regresso à normalidade, embora essa normalidade não deixe, ao mesmo tempo, de ser tão escorregadia. Nenhum culpado é perdoado se não receber sua punição, mas para os habitantes de La Escapa, ela pensa, a ruptura com Andreas deve ter cumprido essa função. Talvez isto – a expulsão daquele estado de ébria felicidade – lhes pareça uma condenação suficiente. Eles provavelmente não a perdoariam se ela estivesse chafurdando com seu amante como uma porca enquanto a pobre garotinha ainda chora durante os curativos – estas, ela acredita, seriam as palavras que eles usariam: *chafurdar, porca.* Graças a isso, porque não chafurda mais com seu amante, Nat se atreve a sair sem se esconder.

Na véspera de Natal, acompanha Píter ao bar do Gordo, onde algumas pessoas se reúnem para beber. A noite passa rapidamente, eles comem com vontade, brincam, estouram uma champanhe e cantam canções de Natal. A garota da loja fica bêbada e dança em um barril de cerveja, contorcendo-se de modo obsceno. Seu pai, bêbado também, a faz descer de lá morrendo de rir. Nat sente como se naquela noite tudo fosse permitido e tudo perdoado, incluindo os velhos rancores entre o dono da loja e o Gordo. É por isso que olha para a cortina de bolinhas na entrada, virando a cabeça assim que ela faz barulho quando alguém passa. O álcool a embriaga com uma esperança obscura. E se Andreas aparecesse? A mera possibilidade acelera seu coração. Mas Andreas não aparece.

Confusa, emocionada, troca abraços com os demais quando se despede, de madrugada, abraços cálidos no frio da noite. De volta à casa, sente-se tentada a ir até a de Andreas. Apenas olhar um pouco de longe, diz a si mesma, não há nada de errado em fuxicar um pouco. Será que ele está? A luz estará acesa? A música, tocando? Será que ele tem companhia?

Mas, quando pega a estrada, as silhuetas das figueiras no escuro – formas sinistras, ameaçadoras – a fazem retroceder, como um aviso.

Está voltando das compras quando vê sua vizinha na entrada do Chalezinho, regando os vasos. Fica parada, com as sacolas nas mãos, o coração acelerado. Quando começa a andar novamente, o ar tornou-se tão rarefeito que lhe custa avançar. Sabe que tem de ir cumprimentá-la imediatamente, mas caminha devagar, descartando as palavras que não deve pronunciar, escolhendo em troca as mais apropriadas, com a mesma cautela com que traduzia no passado, mesmo que agora desconheça o sentido do texto original.

A vizinha a recebe sorridente, bonita, favorecida por um suéter cor de mostarda, calças largas de grávida, os cabelos presos, as maçãs do rosto reluzentes. Nat fica surpresa com sua atitude. Essa recepção, diz a si mesma, mas não sabe continuar o pensamento. Essa recepção.

As duas se beijam. A voz de Nat se esganiça quando pergunta sobre a garota. A vizinha lhe diz que está muito melhor. Chama a filha para que Nat a veja, e a pequena vem dos fundos da casa, obediente. Apesar de seu comprimento, a ferida que lhe percorre a bochecha de um lado para o outro não consegue enfear suas feições, que são extremamente delicadas, até mesmo meio esboçadas. Também tem algumas marcas menores no queixo e no pescoço. Mas o que mais se destaca nela é sua seriedade. Olha para Nat com olhos inexpressivos.

– Disseram-nos que, com o passar do tempo, as cicatrizes dificilmente serão notadas – explica a mãe. – É uma sorte ser tão pequena. A pele se regenera maravilhosamente.

Os olhos de Nat se umedecem. Pede perdão a ambas. Gostaria de poder voltar no tempo, diz. Sente muitíssimo pela dor que causou. Sente muitíssimo, repete. A menina permanece imóvel. A vizinha põe a mão em seu braço para tranquilizá-la, fica do lado da porta para que ela entre. Nat entra sem soltar as sacolas. Atordoada, senta-se onde lhe é dito, buscando com os olhos o vizinho, o outro filho.

– Eles não estão – diz a vizinha sem que ela pergunte.

Então lhe oferece um café. Enquanto o prepara na cozinha, a garota permanece de pé junto a Nat, em silêncio. Perdeu o olhar próprio das crianças que não têm passado; seus olhos, mais do que suas cicatrizes, agora marcam a existência de um antes e um depois, uma falha no tempo. Nat tenta conversar com ela, mas a garota só responde com monossílabos. Em sua expressão se condensa seu próprio e inamovível veredicto. Já proferiu uma sentença, e não é favorável.

– Ela é muito introvertida – diz a vizinha quando volta.

Falam de sua gravidez, do Natal. Como foi a festa da véspera de Natal? Divertiram-se no bar do Gordo? Eles estavam com a família, obviamente – seus pais e a mãe do marido –, os avós amam os netos, mas agora, naqueles dias, querem passá-los no campo, fazer algum passeio, ela pode se juntar a eles, se quiser. Nat fica desconfortável. Qual é o sentido de toda essa amabilidade? É difícil conversar como se nada tivesse acontecido, mas Nat acha que é isso que se espera dela e que deve fazer um esforço. A vizinha agora está falando sobre as despesas. As despesas envolvidas nas reformas – o projeto da piscina, mas também a cozinha, que deve ser completamente alterada –, além dos presentes de Natal, o aquecimento, as despesas médicas... Nat se dá conta. Isso não lhe ocorrera antes. Não sabe se foi um comentário casual ou se a vizinha o mencionou na conversa de propósito, mas engole em seco e pergunta.

– Foi muito... dinheiro?

Ah, não, a vizinha se apressa em esclarecer. Refere-se às despesas de gravidez. Está sendo acompanhada por um ginecologista de muito prestígio, o mesmo que realizou seus partos anteriores, ela não economiza nessas coisas. Os gastos hospitalares da menina foram cobertos pelo seguro. Felizmente, ela acrescenta, Nat não precisa se preocupar com nada. O que é passado fica no passado. Ela se aproxima, inclina-se um pouco, abaixa a voz. Enquanto fala, passa a ponta do dedo ao longo da borda do copo, pronunciando cada palavra com lentidão.

– Olha, se quiséssemos te foder, teríamos te denunciado.

Nat permanece imóvel, incapaz de reagir. Esse modo de falar, de repente, é como um tapa no rosto.

– Como?

– Denunciá-la. Digo que poderíamos tê-la denunciado. E não o fizemos. Se a gente quisesse foder sua vida, bem fodida, teríamos feito isso, porque você tinha tudo a perder. Mas, como você está vendo, não é nossa intenção fazer nada disso. Você deveria relaxar.

Nat assente, perplexa. Não sabe interpretar se o sorriso da vizinha aplaca ou acentua a agressividade de suas palavras: um sorriso tenso, que expõe seus dentes magníficos. Busca com os olhos a menina, que se sentou no chão, em um canto. Brinca com um controle de videogame, supostamente distraída, mas – parece a Nat – sem perder o fio da conversa. A vizinha muda de assunto, seu sorriso se suaviza quase imperceptivelmente e agora fala de seu marido. Ele foi a Petacas fazer compras, explica, na loja é cada vez mais difícil encontrar o que é necessário. O que ela disse há poucos minutos agora parece ser um produto da imaginação de Nat e, no entanto, ela sabe que não, sabe que essa surpresa faz parte da encenação: um roteiro estudado que vai se cumprindo ponto a ponto. Nat não está mais ouvindo, quer ir embora o mais rápido possível, mas não sabe como interromper a conversa. A vizinha tagarela, novamente inclinada no encosto do assento. Às vezes, a garota tira os olhos do controle, examina-as seriamente, volta ao seu jogo. Nat inventa uma desculpa. O aquecedor, murmura. Deixou o aquecedor ligado. É melhor ir agora, acrescenta, é um modelo antigo, pode pegar fogo a qualquer momento.

Na porta, a vizinha a pega pelo ombro, mas dessa vez é o nome de Andreas que pronuncia, não o alemão, como ela costumava chamá-lo, mas diretamente Andreas.

– Fico feliz que ele tenha te deixado.

Seus olhos brilham enquanto diz isso. Nat gostaria de protestar, gostaria de perguntar onde obteve essa informação, mas se limita a sorrir. O sorriso estúpido dos palhaços, pensa: o machucado da menina dá a essa mãe legitimidade para agir como ela está agindo, o direito de continuar acossando-a como quem invade a casa de outra pessoa.

A vizinha diz que Andreas é um homem sombrio, que é manipulador e sujo. Ela o conhece muito bem. Muito bem, repete, e essas duas palavras se agigantam, contêm todo um idioma, todo um mundo privado e secreto ao qual Nat não tem mais acesso. Nat poderia lembrá-la de que havia dito exatamente o contrário, que mal o conhecia. Poderia pedir detalhes, poderia retardar sua marcha e tentar entender. Mas o desejo de fugir, de se afastar é maior. Pega suas sacolas, sorri novamente e sai sem olhar para trás.

Ao guardar as compras na geladeira, encontra vários ovos quebrados e dois potinhos de iogurte abertos e esvaziados. Quando isso aconteceu? Quem fez isso? Não se lembra de ter deixado as sacolas sozinhas nem por um momento. Isso – os ovos quebrados e os potinhos de iogurte vazios – agora a inquietam mais do que o resto da cena.

O proprietário aparece no dia 30 de dezembro, mal-humorado. A primeira coisa que conta, murmurando em direção ao chão, é que lhe cobraram duas vezes mais do que o normal por um cabrito. Se aproveitam do fato de que todo mundo – todos os imbecis, diz ele – estão procurando algo especial para o jantar de fim de ano, mas ele está cansado de tanta sem-vergonhice. Cansado, repete. Nat finge indiferença e vai buscar o dinheiro. O que importa se é ou não fim de ano, o proprietário continua, sentando-se no sofá, se fosse por ele, comeria uma porção de batatas fritas, beberia duas ou três cervejas e ponto-final. Mas são as mulheres, diz ele, são elas que complicam tudo, sempre esperando para celebrar as datas especiais, os aniversários disso e daquilo, fazendo aquelas comidas esnobes, como se a comida não se transformasse numa cagada, de qualquer maneira. Ele limpa a saliva com a manga, dá a Nat um longo sorriso zombeteiro e depois pergunta sobre o cachorro.

– Te saiu pior que a encomenda, não foi? – Dá risada.

A culpa foi dela, diz, por não ter sabido como lidar com ele. Os cachorros nem são muito complicados, a única coisa que se tem que fazer é tratá-los com uma mão pesada. Ela o mimou com tanto capricho, com aquela besteira de levá-lo ao veterinário, ou ela acha que ele não sabe sobre o veterinário? Por um lado, caprichos; por outro, aquela mania de amarrá-lo à estaca. Não é à toa que ele enlouqueceu. Em todo caso, é tarde demais para se arrepender, cada um tem o que merece. Ainda sentado, ele vasculha os bolsos e lhe estende as contas, dobradas e amassadas.

Nat faz as contas, lhe dá o dinheiro. Ele conta as notas devagar, desconfiado. Levanta-se e olha para ela com as pernas afastadas, os braços na cintura. Sustenta o olhar até que ela desista e abaixe as pálpebras.

– E agora, o que você vai fazer aqui?

Nat não responde. Tudo o que quer é que ele vá embora.

– Agora que você não se enrosca com ninguém, eu pergunto, o que está fazendo aqui?

Algo explode dentro dela. Como uma bolsa de gel frio que se espalhou por seus membros, afrouxando seus músculos, derrotando-a. Dá um passo para trás.

– Ou talvez você esteja se enroscando com alguém. Quando não há um, há sempre outro, não é? Serve qualquer um.

Ele se aproxima dela. Nat recua para a borda da mesa. Ela tenta se esgueirar, ir para mais longe, mas ele a sujeita por um braço.

– Venha aqui – ele sussurra. – Você não quer que eu te dê no couro também?

Nat quer gritar, mas o terror a impede. Antes que possa fazê-lo, ele põe uma mão sobre a boca dela, e com a outra continua a apertar seu braço com mais força. Encosta na sua cabeça, fala no seu ouvido.

– Não grite. Ninguém vai vir te ajudar.

Ela tenta se livrar dele, empurra-o com toda a sua força, mas o proprietário demonstra uma resistência surpreendente, prendendo-a, apertando-se contra ela, seu corpo suado e agitado, duro, fedorento, pressionando-a, jogando-a contra a parede, retorcendo seu braço enquanto ordena que ela se cale, ameaçando amarrá-la e amordaçá-la se não se comportar bem.

– Vamos lá – diz. – Não se faça de santa. Você trepou com o alemão e com o hippie, com seu vizinho e talvez até mesmo com o velho da casa que você limpa. Por acaso eu mereço menos?

Sujeitando-a contra a parede, ele agora a agarra pelos cabelos, jogando sua cabeça para trás. Ela sente o puxão da dor, sua baba no pescoço, nos seios, o grunhido dele enquanto a subjuga. Ela grita, mas o que sai de sua boca tapada não soa como um pedido de socorro: sua voz abafada, desprovida de humanidade, é o chiado de um pássaro antes do sacrifício. Ele se cola ainda mais nela, esmaga-a com seu peso e depois se afasta, cospe de lado, dá uma gargalhada.

– Você tem sorte, menina. Perdi a vontade de repente.

Nat contém a ânsia de vômito. Grita, enfim. Aos gritos, diz que vai chamar a polícia, que vai denunciá-lo, que vai contar a todo mundo imediatamente.

– Ah, sim? Também aos seus vizinhos? Você acha que eles vão te defender? Por que você acha que eu estou aqui?

Dolorida, desnorteada, Nat chora, esfregando a nuca e o braço machucado. Ordena que ele vá embora.

– Claro que vou embora. Você não achou que eu ia te estuprar, não é?

Então lhe diz que ela lhe dá nojo. Prefere qualquer mulher a ela. Uma cabra, uma vaca, é melhor do que ela. Com seus ares de senhorita esnobe, diz. Com aquelas tetas minúsculas e aquela cara de tonta. Que o denuncie, se se atrever. Ninguém vai acreditar, não há testemunhas. Se ela o denunciar, seus vizinhos farão o mesmo com ela. Ou você acha que o assunto do cachorro foi encerrado? Ainda está em tempo, se quiser ir. Ela que resolva. Não devia reclamar tanto.

Roça a borda da mesa com dois dedos – os dedos médio e indicador colados juntos, rígidos – enquanto olha fixamente para ela. O contato permanece flutuando quando ele já está fora, ligando seu jipe, e, mesmo um tempo depois, coagulando-se no ar.

Nat não chama a polícia. Não liga para ninguém. Senta-se no chão e bebe direto de uma garrafa de uísque que Píter lhe trouxe certo dia. Busca uma trégua no aturdimento. Mas a raiz de seu cabelo ainda dói por causa dos puxões. E os espasmos sacodem suas mãos.

Acorda com uma dor aguda martelando sua cabeça. A luz do dia machuca suas pupilas. Quanto tempo dormiu?, pergunta-se. Pisca com força várias vezes, tomando consciência do quarto, do momento e de si mesma. Levanta-se atrapalhada, tropeçando nos móveis. Vendo a si mesma de fora, naquela falsa calma, é como se alguém a estivesse filmando, ela, uma figurante, uma intrusa, o papel mais insignificante que poderia ser atribuído a ela em um mundo fictício – um cenário de plástico, de papel machê. Bebe com sofreguidão, mas a água não sacia sua sede. Fala em voz alta para vencer a rouquidão. Tosse. Sua garganta arde. Faz frio.

Veste o casaco e sai. O sol já está alto, mas não aquece. Mais enganação, diz-se. Um sol pintado, de fingimento. O céu se tensiona sobre o contorno de El Glauco, o caminho se estende diante dela, marcando a direção que ela deve seguir.

O furgão de Andreas não está no lugar, mas dessa vez Nat não se conforma em olhar à distância. Ela se aproxima e se senta no chão, ao lado da porta. Permanece ali por várias horas, sem se importar que os outros possam vê-la, sem se importar com o que vão dizer dela, os rumores sobre ela, as acusações que receberá ou as falhas que lhe serão imputadas, e, definitivamente, sem se importar minimamente com sua dignidade – ou o que ela teria chamado de dignidade em outros tempos e que agora é apenas uma palavra escorregadia. Faz xixi ali mesmo, entre alguns arbustos. Se enrola no casaco, deita-se o melhor que pode, às vezes adormece.

Passe o dia inteiro ali.

Ao anoitecer, o barulho do motor a tira do entorpecimento. Distingue o furgão e, em seguida, Andreas, descendo. Ela se levanta, arruma o cabelo. Ele olha para ela sem dizer nada. Com inequívoca dureza. Ela tem dificuldade em reconhecê-lo. Assim eram seus olhos, assim seu corpo? Não era um pouco mais alto, ou talvez mais baixo? Era curvado assim, magro desse jeito? Ela se aproxima, apoia a palma da mão em seu peito, sem pressionar, apenas um toque, uma constatação. Sob o tecido, a pele de Andreas emite um calor suave, real e indiscutível. Nem mesmo essa temperatura a tira do palco, de sua sensação de irrealidade.

– Por que você veio aqui?

– Não sei.

É verdade: ela não sabe.

Ele a contempla com curiosidade. Crava os olhos em seu pescoço machucado. Talvez deduza alguma coisa.

– Você está com uma cara péssima – diz ele. – Venha, entre.

A casa ainda mantém o calor e o cheiro de lenha queimada. Nat senta-se no sofá e olha em volta, um pouco às escuras, naufragando na confusa mescla de reconhecimento e estranheza. Li se aproxima dela ronronando, se esfrega contra sua perna. Agora, os dois estão desconcertados: Nat não sabe qual é o próximo passo e Andreas, claramente, espera algo dela, que diga ou faça algo, pois por que ela está lá afinal?

Mas é evidente que Nat não tem nada a lhe dizer. Observa-o atentamente, como a um desconhecido, enquanto ele tira um maço de cigarro do bolso, acende um deles, fuma em silêncio. Quem é esse homem? Por que esteve à sua porta tantas horas, esperando por ele? Que sentido tinha, agora que nela se instala uma frieza paralisante?

Meses atrás, ele pediu para ficar dentro dela por um momento. Agora é como se ela estivesse pedindo a ele, embora de maneira diferente. Tem diante de si um homem que acendeu algo nela, algo grande e desconhecido, labiríntico e inesgotável, mas não sente nada. Nos olhos de Andreas, havia esvoaçado uma mensagem que ela interpretou como acesso ao poder ou conhecimento indisponível para os outros. Mas isso desapareceu.

Talvez tivesse se deixado levar pelo egoísmo de pegar mais coisas do que aquelas que lhe pertenciam. Talvez fosse verdade que era ingrata. Havia tocado Deus e, mesmo assim, tinha sido insuficiente.

Andreas rompe o silêncio. Com tranquilidade, sem paixão. Sabe tudo o que aconteceu com ela nos últimos tempos. Tudo?, pergunta Nat. Sim, tudo. Mas você logo superará isso, diz ele. Não deveria se preocupar com o que dizem a seu respeito. Em suas palavras, Nat sente o peso da distância.

– Sabe? Eu tive que ir a Cárdenas recentemente. Havia policiais armados em todas as ruas. Tudo isolado, com helicópteros circulando. Estavam esperando uma visita de alguém importante, de um primeiro-ministro, acho, um chefe de Estado ou algo assim, para uma cúpula internacional sobre não sei o quê. Nem cheguei a perguntar, vim embora assim que pude. Um horror.

Nat não reage. Não consegue entender o que Andreas está dizendo. A que está se referindo? Está tentando confortá-la ou avisá-la de um risco? Existe uma mensagem oculta em suas palavras? Ou ele simplesmente tenta distraí-la? Parece irreal, como se outra pessoa estivesse falando por ele ou através dele.

Na verdade, soa grotesco, desajeitado, inculto, assim como lhe parecia no início, quando olhava para ele de longe e era apenas um pedaço da paisagem, nada mais. O alemão, um homem qualquer, como qualquer outro. E ela, Nat pensa, tinha se empenhado em traduzi-lo, em levá-lo para o seu terreno. Que pretensão absurda, pensa. Se não fosse ridículo, seria até divertido.

– Do que você está rindo agora? – ele pergunta, atônito. – Não há quem te entenda.

Durante um tempo, considera ficar. Mas o impulso oposto também pesa sobre ela, o de ir embora. Não necessita refutar nada. Não busca contradizer ninguém nem se sobressair. Mas ela quer terminar o que começou e que deixou pela metade, não quer se dar por vencida. Como, por exemplo, a tradução das peças de teatro. Entre outras coisas.

Por fim, decide se mudar para outra cidade próxima. Aluga uma casa muito velha por menos dinheiro do que o proprietário de La Escapa cobrava. Esfrega o chão, limpa o fogão da cozinha, varre e rastela, enverniza madeiras velhas, lixa os azulejos com um raspador, poda os galhos secos: a repetição dessas tarefas, em um novo lugar, não é interpretada como uma estagnação, mas como um avanço. Píter passa para vê-la de vez em quando, leva presentes, é tão atencioso ou mais do que no início. Ela não se incomoda mais com a atenção dele. Os dois, diz-se, se parecem mais do que ela pensava. Píter, pelo menos, fala.

Ela se sente invulnerável, além dos julgamentos, mas sua imunidade vem de ter saído do tempo em que vivia, como se, ao subir uma escada interminável, ela tivesse caído no vazio por um degrau quebrado enquanto o resto das pessoas continuava para cima sem perceber.

Quando pensa em Andreas, algo ainda se agita em suas entranhas, como uma ressaca. Muitas vezes, fecha os olhos e se aferra à imagem das mãos dele percorrendo seus flancos. O toque de seus dedos, na primeira vez, em sua cintura. A camiseta no corpo que acentua a nudez restante. A escuridão destacando o contorno de seus corpos. O repicar das gotas de chuva batendo na chapa metálica. Pensa que um único instante – por exemplo, aquele instante – é suficiente para justificar uma vida completa: há quem nem sequer tenha tido isso. Mas outras lembranças já perderam sua validade. Ela as descarta uma por uma, até ficar apenas com o primeiro dia.

Sua memória encolheu. Sua memória, agora, é tão pequena que cabe em uma das mãos. As relíquias sentimentais, diz a si mesma, não merecem a eternidade.

Um dia, pega o carro e volta a La Escapa para subir El Glauco. Estaciona no mirante no qual Andreas deixou o furgão quando foi com ela. Faz exatamente o mesmo percurso que os dois fizeram então, mas não para recuperar aquelas sensações, e sim o contrário, para apagá-las e escrever outras novas sobre elas.

Sentada em uma rocha, admira a paisagem embaçada e vítrea pelas nuvens, as cores dissolvidas e misturadas. Respira devagar. O ar gelado penetra seu nariz, arde um pouco. Sem querer, esboça uma despedida íntima.

Na mão sente uma cócega, uma formiga. Descobre uma fileira avançando ao longo da rocha em que se sentou, uma fileira disciplinada, exceto pelo espécime que subiu até sua mão: a rebelde, a sediciosa.

Observa as formigas com atenção. Tem dificuldade em conciliar a amplitude das visões do topo com esse universo muito estreito: o grande e o pequeno, tudo junto, no mesmo plano mental.

Alcança certa forma de paz, uma revelação. Então, de improviso, o roubo que cometeu no passado adquire todo o seu significado. Agora ela sabe como lê-lo.

Entende que não se chega ao alvo apontando, mas com descuido, através de oscilações e rodeios, quase por acaso.

Vê claramente que tudo levava a esse momento. Inclusive o que parecia não levar a parte alguma.

Este livro foi composto com tipografia Adobe Garamond Pro e
impresso em papel Off-White 80 g/m² na Formato Artes Gráficas.